LE GRAND FEU

DE LA MÊME AUTRICE

La Grâce du cyprès blanc, Le temps qu'il fait, 2010.
Rêves oubliés, Sabine Wespieser éditeur, 2012 ; Points, 2013.
Pietra viva, Sabine Wespieser éditeur, 2013 ; Points, 2015 ; Le Livre de Poche, 2023.
Amours, Sabine Wespieser éditeur, 2015 ; Points, 2016.
Point cardinal, Sabine Wespieser éditeur, 2017 ; Points, 2018.
Manifesto, Sabine Wespieser éditeur, 2019 ; Points, 2020.
La Leçon de ténèbres, Stock, 2020 ; Points, 2021.
K.626, Maison Malo Quirvane, 2020.
Revenir à toi, Grasset, 2021 ; Le Livre de Poche, 2023.

LÉONOR DE RÉCONDO

LE GRAND FEU

roman

BERNARD GRASSET
PARIS

Photo de la bande : © JF Paga.

ISBN 978-2-246-83479-3

Pour Christophe

Love is anterior to life,
Posterior to death,
Initial of creation, and
The exponent of earth.

Emily Dickinson

C'est au petit matin du 31 mai 1699 qu'Ilaria naît. La sixième de la fratrie à pointer son minuscule corps, parfaitement formé, doigts, orteils, jambes et bras, ventre et organes, tout y est, chevelure et crâne bombé.

Francesca est assise sur un grand fauteuil, bassine et linges attendent leur heure. Elle connaît la douleur, la patience éprouvée, l'étau qui se serre et se desserre, la soif et le vertige.

Il fait chaud déjà, humide à Venise, après une semaine d'averses inexpliquées. Cette pluie augure d'une naissance heureuse, lui a-t-on dit. Un signe d'eau comme la ville, un signe de flottement. Un doux flottement, elle saura naviguer. Elle attend une fille, le pressent.

Giacomo est allé chercher Bianca. Entre les barreaux de fer, il a frappé au carreau de la grande bâtisse en pierre de la Pietà. Au rez-de-chaussée,

Bianca est là, gardienne, portière, vigile des lourds battants de bois et de leur imposant verrou. Elle ne décide pas de qui a le droit de séjourner dans l'institution, mais chaque enfant passe par elle. De ses mains tendres, elle les a toutes touchées, en langes ou robe, c'est elle qui les rassure et les conduit jusqu'à la Prieure.

Giacomo est serein. Il lui dit, viens, c'est pour ce matin. C'est la sixième fois que je serai père. Il pense aux risques d'hémorragie, à tout ce qui pourrait advenir, sans que ça n'entame sa joie.

Depuis une quinzaine de jours, il prie matin et soir. Oui, pour matines et vêpres à San Giovanni in Bragora. Avant chaque naissance, il devient assidu, plein de sa foi, implorant à genoux que le corps ne soit pas malformé ou le cordon enroulé.

La petite porte de la Pietà, découpée dans l'un des immenses battants, s'ouvre. Il entend les gonds grincer, puis le claquement sourd lorsqu'elle se referme. Bianca est devant lui, son fichu en coton blanc de travers. Elle le regarde en souriant.

Mais tu ne t'es pas peignée pour accoucher ta cousine ?

Elle éclate de rire.

Elle pourra s'accrocher à mes cheveux sans avoir peur de me décoiffer ! Et puis, l'enfant à naître, on espère bien qu'il sera coiffé, lui…

La barque attend sur le minuscule canal.

Giacomo l'aide à monter, elle est chargée de son panier. Il rame d'un côté, de l'autre, il est pressé. Sa femme, ses filles, les siens, sa famille, et bientôt, cette autre enfant…

Un court instant, il prend le temps de regarder le ciel. Un beau début de bleu, étroit entre les édifices, un bleu après la pluie qui présage du meilleur. Un début de bleu qui s'échoue dans l'eau, qui se trempe de lagune, se rince de la nuit, se faufile entre briques et marbres, une aube nouvelle, une naissance, dans l'insouciance, dans l'ignorance qu'Ilaria va bientôt pointer le bout de sa chair.

Sans accroc, pleine de son cri à venir, vie immergée depuis neuf mois, au chaud du placenta, cellules patiemment assemblées, se démultipliant, se frottant, s'exerçant à fonder une matière neuve, des bras, un œil, deux yeux, poumons et cœur ; un cœur qui bat, dans cette Venise endormie, indifférente au miracle, un cœur à venir, un cœur pour mourir.

Épidémies, joies, inquisition, secrets, éblouissements d'eau et de feu, le petit cœur vivra son temps, traversé d'appréhensions et gonflé de bonheurs, oublieux, lâche et parfois courageux, mais toujours régulier à battre la mesure de la vie d'Ilaria, dont Giacomo ne sait pas encore le prénom, ne connaît pas encore le fin duvet qui recouvre ses bras, ses yeux écarquillés, ni le long cri qui éveille une vie entière, une ville et sa lagune, nuées de corbeaux et de cormorans, au petit matin.

Giacomo a accosté. Dans l'escalier qui monte de la boutique à la chambre, Bianca sur ses talons, il se presse, on arrive, on est là, *tesoro*, tiens bon !

Il s'adresse à Francesca qui les attend, son trésor, son joyau, il lui répète, mon joyau, au milieu des montagnes de soie, mon joyau. Et quand, en entrant dans la pièce, il pose le pied sur les tomettes de terre cuite irrégulières, quand Bianca manque de trébucher sur l'une d'elles, entre deux grimaces de souffrance, Francesca leur dit, c'est pour bientôt.

Bianca sort de son panier, cachée au milieu du linge, une petite statuette en bois de la Madone, son porte-bonheur avant chaque naissance. Elle fiche Giacomo dehors, demande à Francesca de s'allonger sur le lit, puis installe les brocs d'eau, une fiole de vinaigre et une de grappa à proximité, laisse la longue pince en fer hors de vue au fond du panier.

Francesca souffle, se raidit, se cambre. Et Bianca, comme elle l'a toujours fait, comme le lui a appris sa propre mère, s'assoit derrière sa cousine sur le lit, jambes repliées contre ses flancs, lui caresse le ventre qui se tend et se détend. Elle chuchote à l'oreille de Francesca en sueur, l'encourage, la guide tout en poussant l'enfant, l'extirpant de la béatitude maternelle, à travers le canal étroit, vers la lumière. Bianca voit ce canal à l'image de la ville d'eau. Elle dit, c'est maintenant, on y est, c'est maintenant.

Et Francesca, dans ses mains incrédules, accueille pour la sixième fois un enfant.

Parfaite, elle est parfaite, avec une magnifique tache de vin sur la cuisse, lui murmure Bianca. Comme la tienne.

Quelques mois plus tôt, Francesca et Giacomo étaient allés écouter une messe chantée à la Pietà. Un office de Pâques. Respirant le parfum mélangé d'encens et de suie des cierges, tandis que s'élevait le chœur des jeunes filles cachées derrière les grilles de fer de la tribune en marbre, Francesca touchait son ventre rebondi. Elle caressait le petit être à venir, tout en lui murmurant : si tu es une fille, tu chanteras avec elles.

Dans une soudaine exaltation, liant concert et liturgie, confondant ces voix célestes avec ses propres désirs, elle avait pris la main de Giacomo. Plus tard, elle lui dirait que leur enfant, leur sixième à venir, chanterait parmi ces anges.

Pénétrée par la musique, elle se revoyait adolescente. Quand sa mère l'avait emmenée à Venise, depuis Padoue. Elles devaient acheter du tissu pour la robe de fiançailles d'une de ses sœurs. On leur avait indiqué la boutique des Tagianotte, près de la Pietà.

En une seule phrase, le destin de Francesca s'était joué.

Sous les longs rayonnages de bois sombre, Giacomo avait déplié et déployé les fastueux métrages, sans jamais cesser de regarder cette jeune fille silencieuse.

Dans l'étroite boutique où les étagères débordaient de couleurs, Giacomo et la mère avaient longuement débattu de la qualité des tissus, hésité entre plusieurs pièces, avant de sortir pour en examiner une à la lumière du jour. Rien de mieux pour juger de la couleur, avait-il dit.

La jeune fille les avait suivis et Giacomo s'était émerveillé du reflet bleu de l'étoffe sur le cou de Francesca. Dans un élan soudain, il lui avait donné une longueur supplémentaire de soie.

C'est pour vous, avait-il dit en la lui tendant. C'est pour vous afin que ce bleu ne vous quitte plus.

Et Francesca, dans son insouciance adolescente, avait commencé de murmurer : la joie la soie, la joie la soie.

Elles étaient revenues le lendemain et quelques semaines plus tard, Giacomo avait fait sa demande, aussitôt acceptée.

Dans l'attente des noces, entre Padoue et Venise, Francesca avait cousu toute la doublure de sa robe de mariée de ce bleu originel. Un bleu plus profond que celui de la lagune sous le soleil, un bleu qui s'imbibe d'orage une nuit de Saint-Jean ; un geste superstitieux qui n'avait rien de frivole, au plus près de son âme, de son corps chaste, la promesse de leur amour, elle en était convaincue.

Depuis, ce bleu l'accompagnait dans chaque moment important de sa vie, à la vue ou à l'insu des autres. À chaque baptême, un peu de cette soie, dans les trois minuscules cercueils de ses enfants mort-nés, un linceul bleu.

Giacomo se moquait de cette manie. Tu ne comprends pas, lui répondait-elle toujours, tu ne vois pas qu'à l'intérieur, je suis de cette couleur.

Peu avant le terme, Francesca était allée voir Bianca pour lui dire, je voudrais que la petite entre à la Pietà.

Bianca l'avait aussitôt interrompue, attends de voir si elle vit, celle-là ! On ne sait jamais… Le destin des enfants est si fragile.

Et le nôtre, Bianca ? Et le nôtre ? avait répondu Francesca soudain furieuse. C'est exactement pour ça qu'elle doit être élevée ici !

Chacun à Venise avait des proches contaminés par la peste. Comment oublier la danse incessante des corps déformés et des cercueils ?

Sur la lagune, les morts et les naissances rivalisaient en nombre. Sur la lagune, on s'aimait avant de mourir, on priait avant de se désoler ; on luttait comme on pouvait contre l'inéluctable.

Francesca était persuadée que sa sixième vivrait et qu'elle chanterait. Je viendrai l'écouter ici, elle sera cachée derrière les grilles de fer, je ne pourrai pas la voir mais elle grandira en apprenant la musique, sans être obligée de couper et découper les métrages d'étoffes, de compter et recompter les sequins. Hors de question. Ilaria vivrait en s'élevant.

Alors, je pourrai bien entrer dans la danse des morts, insista Francesca auprès de sa cousine. Je pourrai mourir pour de bon, puisque la voix de ma fille sera déjà au paradis.

Bianca ne promit rien. Seules les orphelines trouvaient place au sein de la Pietà, ou bien des filles de parents assez riches pour payer les cours de musique.

J'en parlerai à la Prieure, avait-elle seulement répondu.

Et sans attendre l'avis de Giacomo, Francesca jura que la famille s'engagerait à fournir à l'institution les tissus nécessaires aux habits des plus pauvres. Bianca la regarda, interloquée, puis se mit à rire, mais elles sont 867 aujourd'hui !

Dis-lui qu'on donnera ce qu'il faut pour que la petite chante.

L'imparable argument de Francesca avait rapidement convaincu la Prieure.

Si la petite vit, nous l'accueillerons dès son troisième mois.

Et ainsi, soies et lins blancs permirent à Ilaria d'entrer en musique comme elle aurait pu entrer au couvent. À l'Assomption 1699, le nourrisson, un mouchoir bleu caché dans ses langes, passa les portes de l'institution sous la protection de Bianca.

Francesca et Giacomo assistèrent à la messe de ce jour, puis s'en retournèrent quelques canaux plus loin. La maison Tagianotte n'hébergeait plus entre ses murs que deux petites filles.

Bianca est la gardienne du tour. Depuis sa loge, elle entend la cloche accrochée à quelques mètres, sur le mur de l'édifice. Les femmes déposent leur enfant à l'intérieur d'une boîte encastrée dans l'enceinte, la font pivoter et sonnent avant de partir. Parfois, il y a une lettre, des habits, la plupart du temps rien du tout.

À entendre la cloche, le cœur de Bianca se serre. Elle ne s'y fera jamais. Les nourrissons sont souvent abandonnés au petit matin. Combien de mères, le front appuyé sur le mur, versent leurs dernières larmes avant d'actionner le tour, à l'aube, quand la ruelle est encore déserte, et de s'enfuir ? Certaines, dans leur précipitation, oublient de tirer la cloche et ce sont les cris affamés de l'enfant qui alertent Bianca.

Elle ne se sent pas chargée d'une mission divine, non, mais d'une mission féminine. Pour mes sœurs, comme elle le répète souvent. À combien de nourrissons noyés, étouffés à la naissance, a-t-elle évité la mort ? Une bonne centaine. À chaque fois, elle y pense aux femmes démunies, la pauvreté, la rue, la prostitution. Tous ces enfants qu'elle croise, livrés à eux-mêmes, qui se glissent sous les étals du marché pour glaner le moindre rebut, le moindre baiser. La marmaille bruyante de la Sérénissime.

Bianca accueille les enfants déposées comme la possibilité d'une vie sauvée. Et le chœur qu'elles forment, puis les jeunes filles qu'elles deviennent, sont toutes à la gloire de la vie. Rien d'autre que la vie.

Bianca aime croire qu'elle fait partie d'une chaîne, infime maillon, vain parfois, mais humain et chaleureux. Des mains de la mère, en passant par les siennes, jusqu'à l'institution. Jamais elle ne pense à l'identité de celle qui abandonne son enfant dans le tour. Jamais elle ne juge. Elle connaît trop bien les difficultés qui pèsent sur les femmes. À chaque coup de cloche, son cœur se serre, mais c'est son sourire qui accueille le nourisson.

Avec Ilaria, le lien est particulier.

La petite a été placée dans la pouponnière, la grande salle où sont les lits des plus jeunes. Des nourrices les allaitent, et elles grandissent. La salle est pleine de cris et de joie, de vie qui croît. Et Bianca s'émerveille de ce miracle, la vie qui résiste.

Certaines petites succombent aux maladies, mais cette mort, une première fois évitée grâce au tour, lui semble plus douce qu'un ultime plongeon dans un canal ou la lagune.

Ilaria s'éveille avec comme horizon la robe de Bianca. Long habit à la toile épaisse. Dès qu'elle sait marcher, elle dévale les escaliers qui mènent à la cour intérieure, la traverse et, sur la pointe des pieds, actionne le loquet de la loge de Bianca. Malgré l'interdiction, la nuit, elle se glisse dans son lit. Elle veut, envers et contre tout, la douceur de sa compagnie.

Bianca, les premiers temps, la gronde en la ramenant dans le dortoir. Dès l'âge de deux ans, les fillettes dorment dans des petits lits qu'elles partagent avec une autre. Et puis, elle n'a plus su résister à la persévérance d'Ilaria ; elle-même troublée par la chaleur de ce minuscule corps blotti contre le sien. Toutes deux insatiables de tendresse.

Une heure avant matines, Bianca lui dit, allez, file ! Retourne là-bas. Et la petite, après s'être cachée quelques instants de plus dans la chaleur de cette cousine providentielle, court en sens inverse, pieds nus silencieux sur les dalles de la cour, puis sur les tomettes glacées de l'étage.

Au réveil, elle a tout oublié de ses allées et venues.

La Prieure a été intransigeante avec les Tagianotte. Ils verront très peu leur fille, elle doit grandir au sein de la communauté afin d'y trouver sa place. Durant ses premières années, Ilaria apprend à lire. Elle aime les mots, les lettres qui s'assemblent et se défont. Elle aime les faire bouger dans sa tête, les voir danser, elle aime faire exploser leurs rondes dans son esprit. À coups de volonté, elle y met le feu avant de les imaginer retomber en poussière. En cendres.

Mais ce qu'Ilaria préfère par-dessus tout, c'est écouter le chœur de filles chanter. Elle pourrait rester des heures dans un coin de la salle. Elle voudrait que son corps soit assez grand pour créer de tels sons. Les vibrations traversent son épiderme. Elle est tout entière dans cette sensation. La signification des textes latins lui échappe, elle voit seulement comme les corps s'assemblent en sons. Elle croit qu'il suffit d'ouvrir la bouche pour que cette harmonie dévore tout. Espaces et esprits. Engloutis.

Au fond de la salle, elle s'endort souvent, cachée sous un banc, dans un bien-être qui la transporte ailleurs, sans rien connaître de cet ailleurs. Rien des églises, des canaux, de la folie, des vies qui se heurtent, se mêlent à chaque instant dans la Sérénissime, au-delà des murs. Ici, lors des répétitions, elle trouve le même apaisement que dans le lit chaud de Bianca ; elle fusionne avec ce qui l'entoure.

Et puis, il y a Maria à la voix d'or. À la fin de chaque répétition, elle va la voir et, de ses petits bras, enlace ses genoux. Prends-moi avec toi, prends-moi avec toi partout. Je veux devenir toi.

Elle voudrait entrer dans sa bouche et chanter depuis sa gorge pour percer le mystère de sa voix. Mais Maria n'a aucune envie de s'occuper de cette petite qui la suit comme son ombre. D'un geste vif, elle la repousse.

Dégage, fiche-moi la paix, Ilaria !

Maria a une voix d'alto si grave qu'un homme semble s'être dissimulé dans le chœur de jeunes filles. Lors des concerts, pendant les offices, les Vénitiens se déplacent pour l'entendre. On s'extasie, on écoute religieusement cette voix rare, cachée derrière les grilles de la tribune ; on scrute la silhouette blanche qui abrite une cage thoracique si prodigieuse.

La Pietà s'enorgueillit, s'enrichit même, grâce aux concerts, de produire de tels talents. Et Maria, dix-sept ans, jouit de privilèges exceptionnels. Elle a obtenu une chambre particulière, est autorisée à porter les bijoux que ses admirateurs lui offrent. Avec arrogance, elle montre aux autres jeunes filles la belle collection de mouchoirs brodés qu'elle a lentement amassée.

La chanteuse est orpheline. Sa voix lui a permis de gravir les échelons de l'institution, accédant ainsi à une reconnaissance impossible ailleurs. Pourtant, ni les cadeaux ni les compliments n'étanchent sa soif de considération. Elle veut tout : la gloire et un mariage qui la sortirait de là.

Maria participe aux repas, aux répétitions, mais refuse de donner des cours de chant aux plus jeunes, comme le voudrait la tradition : donner ce que l'on a soi-même reçu. Maria ne sait s'occuper que d'elle-même.

Ilaria a six ans et continue d'admirer la chanteuse, malgré son arrogance. Elle se fiche d'être rabrouée, elle veut seulement l'entendre. Par magie, les murs s'écroulent, les visages s'effacent, tout se met à vibrer, onduler. Ça ressemble aux flammes d'un grand feu.

Une nuit où elle se blottit contre Bianca, elle lui pose la question à mots couverts, effrayée par sa propre curiosité.

C'en est une ?

Une quoi ?

Mais, tu sais, une…

Et elle ajoute à toute vitesse : Une sorcière ?

Bianca se relève d'un coup. Qu'est-ce que tu racontes ? Tu connais le sort réservé aux sorcières ? Sais-tu combien de femmes ont été brûlées vives ?

Ilaria se recroqueville : C'est qu'elle fait tout disparaître, quand elle chante !

Bianca rit. Elle chante, c'est tout ! Il n'y a aucun sortilège, c'est vrai qu'elle chante très bien, mais ce n'est rien d'autre. Tu verras, toi aussi, tu feras pareil !

L'enfant se tait, sans la croire tout à fait, et se promet de percer le mystère. Est-ce qu'on peut brûler de chanter si bien ?

Ilaria est trop jeune pour commencer de travailler sa voix, il faut avoir huit ans. Mais sous l'impulsion du nouveau *maestro di violino*, Antonio Vivaldi, elle peut prendre des cours de violon.

Quelques mois plus tôt, Antonio a commandé à son ami luthier Matteo Goffriller une série de violons de tailles différentes, pour que les filles les utilisent au fur et à mesure de leur croissance.

Quand les instruments arrivent à la Pietà, c'est l'excitation, chacune veut les voir et les toucher. Dans la salle où Antonio enseigne, les violons sont suspendus par ordre de grandeur à l'intérieur d'une armoire verrouillée. Les parois vitrées les protègent de tout, sauf des regards. L'armoire ne peut être ouverte que par trois personnes : Antonio et ses deux élèves enseignantes.

Ilaria préférerait chanter, elle aimerait prendre la voix de Maria et la greffer dans sa gorge, mais quand Antonio proclame, en désignant le plus petit des violons : Une voix d'or dans les bras d'une enfant !, elle s'approche aussitôt et, le tirant par la manche, lui dit, *maestro*, je veux en jouer !

Elle vient de trouver une manière de dégainer sa voix d'or. De souscrire sans attendre au désir de sa mère.

Taisez-vous ! ordonne la Prieure pour calmer l'essaim bruyant des filles voulant jouer ces violons.

Seule Ilaria ose le geste de se suspendre à la manche d'Antonio, de le regarder droit dans les yeux. Ce petit violon est fait pour moi.

On décide de tirer au sort celles qui pourront apprendre sur les nouveaux venus. Une quarantaine de prénoms écrits sur des papiers sont pliés et déposés dans une corbeille d'osier. Huit petites filles seulement pourront se partager le plus petit des violons. Chacune son tour suivra des cours.

Ilaria !

Elle saute sur place en disant merci, merci, plusieurs fois, sans savoir si elle s'adresse à la Prieure, au professeur, au destin ou encore aux sorcières.

Antonio aime l'intrépidité de la petite. Qui mieux que lui sait comme l'apprentissage est ardu ? Enfant, à quelques pas de là, dans la basilique San Marco, il allait écouter son père déjà violoniste. Sous l'or des mosaïques scintillant au soleil ou bien à l'ombre des voûtes encrassées par la fumée épaisse des cierges, le petit Antonio regardait son père jouer. Violoniste, un métier, un gagne-pain. Mais là, dans ce lieu sacré, à l'abri du vacarme du monde, le petit

Antonio avait été foudroyé par la joie. Lui qui ne connaissait que quelques quartiers de Venise, dont la vue de la lagune depuis le bout de la place entre les deux colonnes, avait perçu, dans un saisissement, comme la musique et la fugacité du son, un simple son, pouvait envahir tous les champs. Remplir la basilique entière et ce qui l'entourait, la ville, ses canaux et son ciel si vaste, projetant cette vibration aux confins de son imagination.

Antonio avait alors compris que cette vibration ne s'éteint jamais. Perceptible ou non, elle demeure. Et lui, violoniste aujourd'hui, à chaque coup d'archet ne fait que la raviver.

Le premier cours de violon, c'est le début d'une vie nouvelle sans qu'on le sache, sans qu'on puisse en retenir la date précise, à peine l'année. En entrant dans la salle pour cette première fois, journée de mars humide, feu dans la cheminée, Ilaria fait glisser ses semelles de cuir sur les tomettes. À l'intérieur de ses souliers cousus, de grosses chaussettes de laine la protègent du froid. Son corps est recouvert d'un long habit de toile épaisse, un uniforme blanc qu'elles portent toutes sans distinction d'âge. Ses cheveux sont tressés.

C'est Giulietta qui attend Ilaria quand elle frappe timidement à la porte. Elles se connaissent, comme elles se croisent toutes dans l'institution. Ilaria la voit souvent jouer lors des répétitions de motets. C'est elle qui mène le pupitre des seconds violons. Avec sa longue tresse rousse, elle pourrait être la sœur cadette d'Antonio. Elle joue du violon avec un sérieux qui laisse peu de place à la fantaisie et à la légèreté. Le violon et la musique sont pour elle une réalité grave. Cette rigueur, elle la transmet à chacune des enfants qui entrent dans sa classe. Dévotion et respect, répète-t-elle. Et la petite Ilaria, sans tout à fait comprendre la portée de ces mots, acquiesce. Oui, dévotion et respect qui n'empêchent ni la tendresse ni la patience.

Ilaria s'approche de la cheminée, le petit violon et l'archet sont posés sur une table à côté de la chaise où est assise Giulietta. Elle l'invite à s'approcher plus encore.

Viens, viens les voir.

L'enfant, dont seul le buste dépasse de la table, regarde l'instrument couleur miel.

Prends-le dans tes mains.

Ilaria n'ose pas. Le respect déjà. Giulietta l'encourage.

Vas-y, tu vas voir comme il est léger.

Ilaria prend le violon par le manche, s'étonne en effet du poids plume. Si léger. L'image de Maria traverse son esprit, elle n'a pas besoin d'instrument, elle, juste d'une voix.

Giulietta semble lire ses pensées. Oui, il va devenir ta voix.

Ilaria en a la gorge toute sèche.

Pose-le à la base de ton cou.

L’enfant pose le poids plume sur sa clavicule. Elle louche en regardant les ouïes, le chevalet, cette vue nouvelle qui deviendra son paysage intérieur.

Quatre cordes, et toute la musique sous ses doigts.

Elle a si peur que l’instrument lui échappe qu’elle serre fort le manche dans son poing. Giulietta rit.

Il ne va pas tomber ! Attends, je vais chercher mon violon et on va jouer ensemble.

Bientôt, sans archet, la transmission commence. Giulietta pince une corde avec son index droit.

Fais comme moi.

L’enfant joue son premier pizzicato. Chaque fois que Giulietta lui fait signe, ensemble, elles font vibrer les quatre cordes, l’une après l’autre. Un son fragile et peureux, mais un son quand même, qui peu à peu prend de l’assurance.

Longue route qui s’annonce avec vue intérieure sur l’ébène de la touche.

Ilaria voudrait prendre l’archet.

Plus tard, la prochaine fois, peut-être. Pour l’instant, fais les mêmes gestes que moi.

Et Ilaria se laisse porter.

Au même printemps, Prudenza Leoni passe les portes de la Pietà. Elle a huit ans et apparaît quatre fois par semaine pour suivre des cours et participer aux répétitions du chœur. Prudenza, issue d'une famille patricienne, ne séjourne pas dans l'établissement. Elle vient seulement y apprendre à chanter, moyennant une somme sonnante et trébuchante.

Ilaria la remarque dès son arrivée. Impossible autrement. Elle n'est pas obligée de porter l'uniforme blanc. En ce printemps, quand elle passe la petite porte découpée dans le grand battant pour entrer dans la cour, elle est vêtue d'une cape rouge rehaussée d'une capuche au liseré turquoise.

Assise sur le seuil de la loge de Bianca, Ilaria observe la porte s'ouvrir et le petit chaperon rouge surgit sous le porche, accompagné d'une dame qui lui tient la main.

La couleur s'incruste dans l'œil d'Ilaria.

Prudenza la rouge fixe la bâtisse austère. Ilaria voit sa mine déconfite et lorsque leurs regards se croisent, elle lui sourit. Un sourire franc d'encouragement. Ici, tu es chez moi, j'y grandis et je te promets que tu n'y rencontreras aucun loup.

Leur première conversation a lieu au réfectoire, la *minestra* du midi garnie de lard pour Prudenza et de pain pour Ilaria. Ignorant cette distinction sociale, enfant l'une et l'autre, Ilaria demande à la nouvelle venue de lui raconter la ville.

La ville ? tu n'es jamais sortie ?

Non, juste pour aller voir mes parents, à Noël la dernière fois. Ils habitent tout près d'ici. J'entendais les cloches et mes pas dans la neige. Tu te souviens de la neige ?

Oui, la neige dans le jardin. Et la glace sur les carreaux, sur les canaux…

Raconte-moi ce que tu as vu aujourd'hui, quand tu es venue !

On a pris la gondole. On est passés près du marché, on a entendu les cloches aussi, plusieurs églises en même temps. Près du Rialto, il y avait beaucoup de bruit, ceux qui criaient pour vendre leurs poissons, et d'autres qui chantaient avec des guitares. J'adore aller au marché ! Il y a les odeurs, il y a plein de monde. Souvent, je supplie maman pour qu'elle me laisse y aller avec Giorgia. À chaque étal, je me débrouille pour qu'on m'offre quelque chose. Je souris grand, et on me donne un fruit, une brioche. Giorgia me gronde, mais j'adore ça. Et puis, je fais ce que je veux.

Ilaria l'interrompt. Le marché ne l'intéresse pas, c'est la ville tout entière qu'elle voudrait connaître. Je voudrais m'envoler, voir d'en haut ce que les gens font, souvent je rêve que je suis un oiseau. Tu sais, comme les mouettes qu'on voit planer dans le ciel depuis la cour. Et leurs cris le matin. Je voudrais être une mouette. Sans bouger les ailes, l'air de rien, je survolerais toutes les maisons, et j'irais voir ma maman quand je veux.

Tu les vois quand tes parents ?

Ilaria élude. Elle mange un bout de pain en regardant par la fenêtre. Prudenza répète doucement, tu les vois quand à part pour Noël ?

Ilaria continue de ne pas entendre, Prudenza n'insiste pas. Elle comprend. Et les deux petites filles, dans ce silence subtil, scellent leur amitié.

Quand Ilaria la regarde à nouveau, elle demande, Pourquoi tu viens ici ?

Pour apprendre à chanter. C'est ma mère qui pense que c'est une bonne idée… Moi, je m'en fiche du chant. Ce que j'aime, c'est le bateau !

Naviguer par n'importe quel temps, partir sur la lagune et voir les couleurs changer !

Je n'ai jamais fait de bateau.

Ah ? La prochaine fois, on t'emmènera.

Tu vas suivre les cours de qui ?

Elle s'appelle Maria, je crois. Maman a insisté pour que ce soit elle. On l'a entendue à un concert et après elle n'a pas arrêté d'en parler.

Mais je croyais qu'elle ne donnait pas de cours ! Tu es sûre ?

Oui, pourquoi ?

Quelle chance ! Elle chante tellement bien ! Tu vas pouvoir passer du temps avec elle. Je voudrais prendre ta place…

Vas-y ! ne te gêne pas surtout ! je t'attendrai dans le jardin…

Maintenant, Ilaria tape du poing sur la table. Tu ne te rends vraiment pas compte ! Moi, elle me regarde pas, et toi, elle va t'apprendre à chanter, te parler, peut-être même te prendre dans ses bras. Alors que moi, je l'adore, et rien !

Pourquoi tu t'énerves ? tu n'as qu'à apprendre à chanter !

Je viens de commencer le violon… Giulietta est gentille, mais Maria c'est autre chose. Avant, je la suivais partout. Je me cachais pour écouter les répétitions et dès que c'était terminé, je courais vers elle pour lui dire combien je l'aimais. Au mieux, elle faisait semblant de pas me voir, au pire, elle me tapait.

Mais ?

Tu sais, elle peut me taper, je m'en fiche… Je l'aime, je veux être avec elle, je veux être Maria, et c'est toi qui vas la voir.

Les deux enfants restent perplexes. Elles ne se disent plus rien jusqu'à ce qu'on vienne chercher Prudenza pour son cours.

Le soir, dans le lit de Bianca, Ilaria, les pieds glacés posés sur les mollets de sa grande cousine, demande de nouveau : Raconte-moi la ville.

Qu'est-ce que tu veux savoir, mon trésor ?

Je ne sais pas, les bruits, les odeurs, je voudrais pouvoir l'imaginer…

Mais tu n'es pas enfermée, tu peux sortir parfois ! Et puis, tu sais, ici on protège les femmes de la rue. Toutes celles qui passent les portes sont sauvées…

Ilaria s'impatiente, elle a déjà entendu mille fois la harangue. Ce qui m'intéresse, c'est la ville. Raconte-moi.

Imagine une terre entourée d'eau, imagine que cette terre est coupée en deux par un canal. De chaque côté, des maisons, certaines très belles, d'autres plus modestes. Partout des églises, des gens qui vivent, bougent, marchent, naviguent, chantent. Chacun des quartiers est divisé en de plus petites parcelles, entourées par d'autres canaux reliés par des ponts. Il y a de l'eau partout. Je ne m'en rendais pas compte avant d'aller à Padoue.

Ça veut dire quoi ?

Padoue n'est pas au bord de la mer, elle n'est pas traversée par l'eau, il n'y a que du sol dur, des arbres, des champs tout autour.

Je ne comprends pas bien…

Quand je suis revenue, j'ai entendu Venise autrement. Tous les sons résonnent ici. À Padoue, il y a les bruits des chevaux, des bêtes, des roues, ici c'est l'eau et encore l'eau. Ici, on entend le silence et la nuit, et on sent, tout près de soi, la masse de la mer. Comme une protection et une menace. Tu comprends ?

Oui, je comprends.

Ilaria s'imagine, accompagnée de Bianca et Prudenza, franchir les grandes portes de la Pietà, les laisser claquer derrière elles, puis monter dans une gondole et voguer jusqu'au bout du monde, face au vent. Elles n'auraient pas besoin de ramer, il suffirait de se laisser porter. Aucune voile, seule une brise généreuse pour cette traversée.

D'abord le grand canal dans un sens et dans l'autre pour voir les palais et les maisons. Elles longeraient ensuite les îles de la lagune, avant de s'élancer droit dans l'horizon. Voilà qui est bien, le grand canal avant de partir à l'assaut des confins du monde.

Elle se remplirait alors des sons de toutes ces terres inconnues. Avec Bianca et Prudenza, elle n'aurait plus peur de rien.

Une nuit, comme ça, sans crier gare, Bianca dit à Ilaria, non, il ne faut plus que tu viennes, tu es trop grande maintenant. L'enfant reste figée sur le seuil, elle n'a pas mis un bout d'orteil sur le carrelage de la chambre, que déjà l'interdiction la pétrifie.

Non.

Elle attend, referme la porte, s'adosse au mur. Elle attend de comprendre comment elle a pu grandir si vite, en une nuit ; la différence entre hier et aujourd'hui. Oui, non. Une volte-face incompréhensible.

L'enfant, avec sa longue chemise de nuit blanche, avec sa natte défaite, a les yeux qui se perdent entre les dalles de la cour, frôlent un instant le puits sans s'y attarder, ne se posent nulle part. Elle est seulement tenue par cette pensée : d'un jour à l'autre.

Le désarroi de l'innocence face à la porte close du paradis. Elle croyait que la porte de cette tendresse-là ne se fermerait jamais.

Ilaria se retourne et actionne de nouveau le loquet. Dans un mouvement conscient cette fois-ci, les orteils tendus, elle pose son pied sur une tomette. Mais dans l'entrebâillement, elle entend encore la voix de Bianca lui dire, non.

No, tesoro. Tu es trop grande.

Le pied fait marche arrière, rejoint celui resté dans la cour. Et quand elle referme sans bruit le battant, politesse nocturne pour ne pas déranger les fantômes, quand elle entend le loquet se rabattre sur sa butée, Ilaria se demande si une porte fermée en ouvre une autre.

Elle s'accroupit près du puits central, se blottit contre le cylindre de briques, enlace ses genoux relevés pour y cacher sa tête et pleurer à gros sanglots.

Elle pense à Moderata, dont on leur raconte souvent l'histoire, qui s'est jetée, sans que l'on sache pourquoi, dans le gouffre du puits. Depuis lors, une grille le recouvre.

Elle la comprend, cette Moderata. Elle a dû être abandonnée aussi. Souvent, les filles crient le prénom de la suicidée pour s'amuser à entendre l'écho dans le boyau de briques. Moderata, Moderata à l'infini.

Moderata, Moderata.

Maintenant elle crierait, Moderata, je viens avec toi !

Dans le silence de la nuit, Ilaria se demande si elle sera toujours ainsi livrée à elle-même, si la musique, les autres, les amies, Prudenza, la beauté de Maria y changeront quelque chose. Si un jour, le gouffre qu'elle sent dans son ventre, l'appel du puits contre lequel elle s'adosse, sera si vertigineux qu'elle y cédera.

Elle entend les cloches sonner deux coups et remonte vers le dortoir, frigorifiée. La température des dalles a lentement envahi tout son corps ; ses dents claquent. Elle tremble dans le grand escalier. Sans bruit, elle ouvre la porte du dortoir, et passe devant Elena trop profondément endormie pour surveiller correctement les quarante enfants, de cinq à douze ans, couchées par deux dans chaque lit.

Ilaria rejoint le sien, se glisse sous le drap de gros fil, sent la chaleur d'Elisabetta, n'y trouve aucun réconfort. Dans ce lit-là, si petit pour deux, elle voudrait être seule, les mouvements nerveux de l'autre la réveillent souvent.

Quand la surveillante fait tinter la clochette à 6 h 30, les filles se lèvent. Ilaria vient à peine de s'endormir. De sa nuit, elle garde le souvenir précis, à couper au couteau, du « non » de Bianca. Elle traîne pour s'habiller et, dans sa fatigue, ne remarque pas le regard insistant d'Elena.

Les rangées de fillettes se rejoignent pour former une longue colonne jusqu'à l'église. Aucun bruit ne les agite. Elles sont encore toutes endormies. C'est à la fin de l'office, en se dirigeant vers le réfectoire, que le cortège commence de s'ébrouer, de chuchoter, de rire.

Les filles sortent enfin de l'engourdissement nocturne, et s'assoient sur les bancs de la grande salle aux places qui leur sont dévolues. Devant elles, un bol sur lequel est posée une tranche de pain brun. La plus âgée de la tablée verse le lait aux autres.

En silence.

Quand elles sont toutes assises, la Prieure se lève pour dire le bénédicité. Elle indique ensuite les horaires de répétitions, les lieux et les événements prévus. Les filles écoutent à moitié, tout est répétitif et identique, la voix de la Prieure, son débit solennel pour annoncer les nouvelles.

Chaque matin se ressemble. Mais aujourd'hui, les visages se figent quand la Prieure prononce, à la fin de son allocution, un prénom.

Ilaria.

La petite ne comprend pas aussitôt qu'il s'agit d'elle.

C'est quand les regards se tournent dans sa direction qu'elle entend. D'un bond, Ilaria se lève, les yeux cloués au bol de lait qu'elle n'a pas entamé. J'aurais dû le boire d'une traite.

Sa gorge se serre. Un prénom au petit matin augure toujours d'une punition. Elle cherche, ne voit pas ce qu'on pourrait lui reprocher.

Puis, les mots tombent, rebondissant d'un bol à l'autre, ranimant leurs souffles coupés.

Tu sais qu'il est interdit de quitter le dortoir la nuit ?

Silence.

Tu le sais ? Réponds, Ilaria !

Oui, d'une voix blanche.

Elle revoit la porte fermée, le puits, Moderata. Elle sent tous les yeux sur elle. Ceux de Bianca aussi, comme elle aimerait qu'elle prenne sa défense, s'interpose. Mais Bianca, à la table de la Prieure, n'a pas bougé. Les règles sont les règles.

Observez bien ce qu'il se passe lorsque les règles ne sont pas respectées !

Chacune le sait.

Ilaria, tiens-toi au centre de la pièce !

Ilaria serre les poings. Moderata, Moderata. Elle ne pense plus à rien d'autre. Le puits et Moderata. Incomprises, l'une et l'autre. Moderata, Moderata.

La Prieure s'empare des ciseaux qu'on vient de lui porter. La femme et l'enfant se retrouvent au centre du réfectoire soudain glacial.

Regardez toutes ! Et toi, répète après moi : je n'enfreindrai plus les lois qui régissent cette institution.

Voix blanche qui répète.

On ne t'entend pas, répète plus fort !

La voix blanche détache chaque syllabe.

Et maintenant, excuse-toi auprès de tes camarades.

Excuses audibles.

Tu sais ce qui t'attend la prochaine fois ? Tu le sais bien ? La rue, ma petite, la rue. Baisse la tête.

La voix blanche se terre.

Ilaria sent la lame froide frôler sa nuque. Et dans un claquement, sa tresse tombe sur le sol.

Quelques centimètres sur la nuque, elle n'a jamais eu les cheveux si courts. Elle passe son temps à tirer sur les petites mèches. L'air sur son cou est doux. Ça lui plaît de se sentir différente. Sa coupe de cheveux ne ressemble à rien. Ils n'ont pas été égalisés. Des mèches plus longues lui tombent sur les yeux, alors qu'à l'arrière du crâne, là où les ciseaux ont coupé, il y a une grande entaille dans sa chevelure.

Elle marche fièrement avec ses cheveux en bataille. Elle a plié l'échine au sein du réfectoire, à présent elle tient haut le menton. Et alors ?

À chaque regard croisé. Et alors ?

Des mèches en moins, ce n'est rien à côté d'une porte fermée qui, elle, ne repousse pas.

Elle a décidé de ne plus parler à Bianca, de l'ignorer complètement. Une vengeance enfantine qui s'érige contre le non.

Un non et tu n'existes plus. Un non et je m'exile. Tu m'as déracinée.

Seule Prudenza s'extasie, voudrait aussi qu'on lui coupe ses cheveux. Ils ne servent à rien. C'est pénible. Quand je suis en bateau, j'en ai plein les yeux. Oui, tout couper ce serait bien et mettre des perruques, des foulards ou bien s'habiller en garçon.

Je vais prendre les habits de mes frères. Viens, Ilaria ! On s'amusera à faire comme eux ! Une punition, tes cheveux coupés ? Vraiment, je ne vois pas.

Elle demande quand même, qu'est-ce que tu as fait comme bêtise ?

Et Ilaria dit simplement, je suis sortie dans la cour pendant la nuit. On n'a pas le droit de quitter le dortoir. Elle ne raconte pas la porte fermée, elle ne parle pas de ce qui l'a meurtrie.

Bianca tente plusieurs fois de lui adresser la parole. Depuis des semaines, Elena avait repéré tes allées et venues. Elle m'en a parlé. Je ne peux rien faire, Ilaria. Ce n'est pas contre toi. Moi aussi, on peut me mettre à la porte. Et puis, tu es trop grande maintenant pour venir dormir avec moi, tu le sais très bien.

La petite se détourne sans décocher un mot.

Je sais ce que je sais, Moderata dans le puits, je sais ce que je sais.

Les jours se succèdent sans la tendresse de Bianca, il lui faudra plusieurs mois pour oublier sa rancune, mais la routine a le mérite d'engourdir les esprits. Les répétitions et les offices dominicaux sont les seuls moments d'effervescence.

Quand le printemps arrive, les instruments sortent. C'est Antonio qui a initié ces répétitions au grand air. La Prieure, plus que réticente, a fait valoir le moindre de ses arguments, mais le *maestro* a tenu bon. L'acoustique de la cour sera parfaite. Sous le ciel et les oiseaux, vous verrez, vous entendrez le concert des violons.

Alors, pendant la première semaine de mai, après Pâques et ses pluies diluviennes, par une matinée ensoleillée, on entend les pieds de chaise heurter les marches du grand escalier. Antonio donne ses instructions pour sortir le clavecin. Trois jeunes filles tiennent le piétement. Pietro et le *maestro* transportent l'instrument. Doucement dans l'escalier !

Pietro passe plusieurs fois par semaine pour accorder le petit orgue et les deux clavecins de la Pietà. Rien dans sa physionomie, ni sa constitution robuste ni son visage rougeaud, ne laisse présager la délicatesse de son oreille ; aucun battement ne lui échappe.

Antonio a insisté pour qu'il soit embauché auprès de la Prieure, toujours rétive à employer des hommes et à les faire entrer dans cette assemblée de femmes. Elle ne regrette pas son choix. Pietro est d'une grande gentillesse et ne semble pas s'intéresser aux charmes qui l'entourent.

Antonio et Pietro ont installé le clavecin dans la cour et déplacé l'orgue positif sur une planche à roulettes. Les pupitres en bois sont disposés entre les deux claviers. Trois chaises pour les violoncellistes, les autres instrumentistes se tiennent debout.

Antonio distribue les partitions de son oratorio recopiées par une des jeunes filles. Douze violons (six premiers et six seconds), quatre altos, trois violoncelles. Celles qui jouent lors des offices du dimanche sont toutes des adolescentes et musiciennes confirmées, toutes des élèves du prêtre roux, comme on surnomme Antonio dans la ville. Son oratorio est pour orchestre à cordes et voix. Une voix d'alto. La voix d'or de Maria.

Les plus jeunes sont assises sur les dalles de la cour pour assister à la répétition. La Prieure a dit qu'elle avait trop à faire, mais laisse sa fenêtre grande ouverte.

Au milieu du brouhaha et des rires, Ilaria et Prudenza s'installent sur la margelle du puits, la meilleure place au centre de la cour. Cet endroit familier est pourtant incongru pour répéter. Les partitions s'envolent au moindre coup de vent, on va chercher des pinces pour les tenir. On s'exclame quand un papillon rouge se pose sur les cordes du clavecin.

Le soleil est de la partie. Les ombres des jeunes filles se distinguent nettement au sol. Il n'est que 14 heures, les ombres s'agrègent autour des corps, à la fin de la répétition, elles s'étireront jusqu'à la coursive en pierre.

Antonio observe les musiciennes se mettre en place. Il pense à son père dans la basilique, aux longues heures de répétitions des hommes, seulement des hommes. Aujourd'hui, il s'émeut de tant de grâce, de sa chance d'avoir ses œuvres interprétées ici, longuement travaillées et surtout religieusement écoutées. La qualité du silence lors des concerts dominicaux est particulière. Chacun scrute les grilles derrière lesquelles jouent les anges, comment les appeler autrement ?

Le talent des jeunes filles est affûté. Il regarde Maria lire sa partition, fredonner le texte latin *qui tollis peccata mundi, miserere nobis* – vous qui effacez les péchés du monde, ayez pitié de nous. Quel dieu ne céderait pas à une si belle prière ?

Antonio a écrit chaque note pour elle. Dans son esprit, quand sa plume file sur les portées, c'est la voix de Maria qui entraîne son geste, qui guide sa main. Antonio est subjugué, et quand il l'entend chanter, tout son corps s'enflamme.

Le corps de Maria incarne sa pensée. La voix de Maria construit des ponts entre les notes, dans leurs interstices, là où la volonté du compositeur a perdu tout pouvoir. En l'entendant chanter dans cette cour grouillante de regards d'enfants, admiration palpable mêlée de ferveur, Antonio comprend que sa composition n'est qu'une succession de modestes repères ; Maria avec son souffle, sa gorge, sa peau, les relie. Les petites l'écoutent et la suivent sur le chemin sensible de sa voix volatile, soudain transportées.

Ilaria prend la main de Prudenza, leurs doigts enlacés se serrent au gré des mouvements de la chanteuse. Les ombres s'étirent, le soleil se penche sur la lagune, les martinets, les mouettes, la faune et la flore se suspendent à la voix qui s'élève. Un éclat qui déchire le temps et qui, aussitôt passé, se recoud, ne laissant comme souvenir qu'un point, minuscule suture, dans leurs cœurs à toutes.

La beauté, certains soirs, désarme la mélancolie.

Les Noëls sont pour Ilaria un moment de jubilation et de détresse. Elle s'embourbe dans ces deux sentiments. Une journée, une seule, chez ses parents, une journée divine, une journée célébrant la naissance. Mais Ilaria se tient raide. Raide à table, raide à la messe, raide quand on lui sert les mets savoureux dont on s'est privé toute l'année. À chaque instant, elle se demande si elle est bien née ici. Ici, sa maison ?

Elle voudrait être avec Prudenza, avec sa famille ; sa sœur, c'est elle. Pas ces deux jeunes filles, ses aînées, qui la regardent en chien de faïence. Chaque année, les mêmes regards méfiants.

Étrangère, tu es. Et pourtant, les silences de cette maison sont remplis de ton absence. La mère, notre mère, ne parle que de toi. On entend dans la mélancolie de ses soupirs, la blessure de l'amour éloigné ; celui qu'elle a, elle-même, mis hors de sa vue, entre quatre murs.

Ilaria a huit ans, elle attend que la journée passe, aimerait respirer, pense aux nuits où elle rêvait de ces retrouvailles et, quand elle est là, veut repartir. L'avant-goût de la liberté, l'avant-goût de l'amour maternel est amer. La jalousie qui se distille lentement dans son cœur envenime son esprit.

Pourquoi elle ? Pourquoi elles ?

Pourquoi elle à la Pietà, alors que ses deux sœurs se marieront bientôt ou resteront travailler à la boutique ? Un avenir qu'Ilaria, durant cette journée singulière, trouve radieux. Il n'y aurait plus de violon, il n'y aurait que l'oisiveté. Voilà ce qu'elle se dit.

Je ne ferais rien, les jours glisseraient et je serais là, dans leur présence, dans cette famille, ma famille. Ma mère. Elle répète ces mots comme pour s'en convaincre. Famille, mère. Mais qu'est-ce au juste ?

Et ce qui la surprend, chaque fois, ce sont les gestes. Les gestes communs entre Francesca et ses deux autres filles. Le mimétisme qui les lie. Une famille de gestes, dont elle est exclue. Elle se voit dépourvue de cette grâce, entièrement assujettie à la communauté, à la Prieure, à Giulietta. Les gestes du violon sont le seul espace où elle se délie. Sinon, elle se tient droite comme maintenant. Elle n'est rien que cet instrument, je ne suis rien qu'un violon. Sans l'instrument, je n'existerais pas.

Quand elle arrive avec ses cheveux courts, ses sœurs se moquent d'elle.

Regarde-la, elle ressemble à un chien fou, à une chienne des rues !

Toute la journée elles murmurent, petite chienne, viens ici petite chienne, on va te caresser la tête.

Elles paradent avec leurs longues tresses.

Et la mère ne voit rien, aveugle aux moqueries, toute à son amour, toute à ces retrouvailles annuelles qui la paralysent les jours précédents. Des nuits à imaginer ce qu'elle dira à Ilaria, comment la prendre dans ses bras, comment lui dire qu'elle l'aime, et puis toutes ces robes qu'elle coud l'année durant, des robes de soie, plus flamboyantes les unes que les autres, cousues la nuit, à ses heures perdues, ces heures volées au temps.

Ces heures à se demander pourquoi avoir décidé que sa fille entrerait à la Pietà. Et de coudre encore une robe à la doublure bleue qui sera rangée avec les autres, une petite pile de couleurs dans les étagères qui dégorgent de tissus. Ses heures perdues, ces robes perdues.

Alors qu'Ilaria, sa fille aux couleurs rêvées, ne porte là-bas qu'un uniforme blanc.

Durant cette journée de Noël, Ilaria se cache. La petite chienne décide de faire sa niche parmi le foisonnement des étoffes. Dans l'arrière-boutique, entre les rouleaux, les mesures de bois, au milieu des odeurs de teintures, elle se réfugie.

Après le déjeuner, elle dit, je vais me reposer. On lui a dressé un lit près de la cheminée du salon, mais elle descend. Elle aime cette petite remise pleine à craquer, et ce ne sont pas tant les tissus, ou l'odeur âcre des étoffes, leurs couleurs qui la font s'y enfermer, non c'est la petite lucarne, une fenêtre au rez-de-chaussée, à rez de canal, sertie de barreaux. Un cachot ?

Non, une fenêtre sur l'extérieur, protégée par de la ferronnerie martelée. Métaphore de son monde. Regarder sans être vue, jouer sans être vue, vivre sans que personne ne le sache. Là, elle se sent tranquille. Inattaquable, elle peut rêver à sa guise de départs, de voyages fabuleux. Les barreaux la protègent, aussi bien qu'ils l'empêchent.

À l'étage, on s'affole. Elle entend les pas saccadés sur le plancher au-dessus de sa tête. Elle sourit. Ils mettront du temps à la trouver.

Elle imagine les visages ricanants de ses sœurs. Comme elle aimerait dormir dans leurs lits chaque jour, comme elle aimerait s'en faire des amies, pas des sœurs, des amies, rire ensemble, comme avec Prudenza, pleurer, se raconter des histoires, faire bataillon, se rebeller contre les parents, les insulter en secret.

Trois contre deux, elles gagneraient à coup sûr. Mais la bataille est ailleurs et les ennemis ne sont pas ceux-là. Il n'y a qu'elle sur le terrain marécageux de l'envie, il n'y a qu'elle qui se débat avec sa jalousie.

Ses sœurs, siamoises, ont un cerveau pour deux corps dépourvus de cœurs ; rien n'y pulse. Sur le champ de bataille, leurs tambours se taisent. Ils s'agitent seulement quand leur sœur cadette contemple le canal. Où est-elle ? Pourquoi se cache-t-elle ?

La contemplation, c'est la joie d'Ilaria. Écarquiller les yeux, et laisser les paysages, les visages entrer en elle. Comme maintenant, le canal qui la remplit d'eau, vaguelettes contre les parois de son corps, coups de rames sur sa peau, cris des gondoliers qui résonnent sur son thorax.

Les pas s'approchent, Francesca ouvre la porte en grand, et trouve sa fille là, sur la pointe des pieds, visage collé à la fenêtre haute, nuque dégagée par les malencontreux ciseaux. Et la mère éclate en sanglots. Elle n'en peut plus de ces journées d'attente, des robes cousues, triste Pénélope, et de sa fille qui se cache. Viens, lui dit-elle. Viens contre moi !

Un bref instant, elles s'étreignent comme au premier jour, peau contre peau.

La tresse a repoussé, elle plonge entre les deux omoplates d'Ilaria quand elle entre, à treize ans, dans la tribune de l'église pour son premier concert. C'est un dimanche de juillet à la chaleur étouffante.

Le chœur est scindé en deux, seize chanteuses de part et d'autre, toutes en tribune, cachées derrière les grilles ouvragées qui permettent au son de passer en rendant leurs visages invisibles.

Prudenza chante aussi ce jour-là. Elle est soprano léger. Elle aurait préféré avoir la même voix grave que Maria, mais la nature en a décidé autrement. Maria est partie depuis deux ans, elle s'est mariée, au grand désespoir d'Antonio qui, toutes en sont persuadées, lui vouait une passion à la hauteur de son admiration.

Pour ce premier concert, on a noué autour de la taille d'Ilaria un ruban rouge qui ceinture son habit blanc. C'est la Prieure elle-même qui le noue, puis, embrassant son front, lui dit : Ilaria, tu y es. Après tes années d'apprentissage, tu entres dans l'église pour donner chair à la musique.

Ses parents seront dans l'assistance. Elle ne les verra pas, mais ils l'entendront. Son cœur se gonfle de fierté. Et ses sœurs ? Est-ce qu'elles vont venir ? Sûrement, obligées par leur mère. Elle va leur montrer, alors, de quel bois elle est faite. Derrière les grilles, on n'entendra que moi, vos oreilles vont saigner. Et toi, maman ?

L'endroit est exigu. Elles y ont répété la veille, mais la solennité de l'instant ne ressemble en rien à ce qu'elle a éprouvé alors. Je joue pour donner chair. Elle a retenu les mots de la Prieure. Donner chair à entendre. Dans la petite pièce, elles sont deux par pupitre. Pour cette première, Antonio a demandé à Giulietta de jouer près de son élève. Sur la partition qu'Ilaria a patiemment copiée, la plume appliquée, concentrée comme jamais, Giulietta a dessiné une petite fleur à la mine de plomb sur la couverture avec ces mots : Ilaria, aujourd'hui ton âme s'ouvre, quel beau travail tu as accompli ! Le visage de la jeune fille se fend d'un sourire. La transmission se fait des plus âgées aux plus jeunes, jusqu'au premier concert.

Son violon dans une main, son archet dans l'autre, elle regarde son ruban, n'en revient pas. Elle y est.

Elles jouent après le sermon. Assises sur un banc le long du mur, les instruments posés sur leurs genoux, jamais la messe n'a semblé si longue. Les minutes s'égrènent, distendues.

Prudenza est plus loin, sur un autre banc. Les jeunes filles ne se voient pas, mais elles se sont dit qu'elles auraient le même geste. On touche notre ceinture, ce sera comme un talisman. On est ensemble.

Les filles sont adossées contre le mur froid de l'édifice ; l'humidité pénètre la toile blanche de leurs habits. Quand enfin elles se lèvent à la fin du sermon, elles ont le dos trempé. Main sur la ceinture.

Antonio les dirige de son violon. Elles respirent avec lui, et sur son geste, commencent de jouer. Le concert passe si vite qu'Ilaria ne se souviendra plus de rien. Une sorte d'apnée, portée par la musique et la sensation de faire corps, de faire son, ensemble, d'en remplir l'église.

Faisceaux de musique qui se rassemblent et s'embrasent. Baptême du feu. La vibration s'évade au-delà des murs et file droit vers la lagune, avant de fendre les mers, jusqu'au silence qui dissipe le dernier accord.

Encore, encore, cette communion, se dit Ilaria.

La vie ici est à son essence. La musique est un art qui se façonne dans une addition d'âmes.

À la sortie de la messe, les fidèles prennent le temps d'admirer la magnifique vue. On regarde le ballet des gondoles, on commente les dernières nouvelles. On choisit, sur le guide des concerts imprimé et distribué, les prochaines sorties. Les noms des solistes y sont indiqués. Au concert de la Pietà, seul celui d'Antonio est mentionné.

Ilaria et Prudenza n'y pensent pas, elles ont dévalé l'escalier et sont sorties en courant dans la cour. C'est l'euphorie avant d'aller au réfectoire. Ça piaille, ça gesticule.

Prudenza tire en riant sur le ruban d'Ilaria. Alors qu'il se défait, elle lui dit, allez, viens ! promets-moi ! promets-moi qu'on le fera !

Ilaria la regarde avec des yeux ronds, mais comment ?

On s'en fiche ! on va trouver ! tu me promets ?

Oui, promis !

Il leur faudra plusieurs semaines pour s'organiser. Des heures de messes basses, de complot pour mettre en place une stratégie infaillible à leurs yeux. La première de toutes celles qu'elles imagineront par la suite.

Prudenza a persuadé sa mère d'inviter Ilaria chez elle et de trouver une raison valable afin qu'elle puisse sortir de la Pietà quelques heures. Or, il n'y en a que très peu : raisons médicales graves ou bien familiales, mariages et enterrements, rarement pour un concert privé, sauf si la présence de la jeune fille de l'institution est justifiée.

La mère de Prudenza est facilement convaincue. Elle voit comme sa fille est heureuse de ses cours de chant et elle sait l'amitié qui la lie à Ilaria. Elle envoie un premier courrier qui reçoit en réponse un non poli mais ferme de la Prieure.

Non. Pourquoi Ilaria ? D'autres violonistes plus expérimentées et surtout plus âgées seraient plus habilitées à se déplacer pour un concert chez vous.

C'est compter sans l'entêtement de Prudenza. Puisque c'est comme ça, je n'irai plus en cours. Je vais rester cloîtrée dans ma chambre sans manger. Des jours et des jours, sans un mot, sans un repas, juste un peu d'eau. Une grève de la faim. Sa mère s'inquiète et Prudenza ne lâche pas. J'arriverai à mes fins.

Le deuxième courrier de la mère, la semaine suivante, est beaucoup plus virulent. Elle fait valoir qu'elle est elle-même claveciniste, que c'est son souhait à elle d'organiser ce concert qui se veut familial ! Et qu'au vu du statut des Leoni au sein de la République il serait malvenu pour l'institution de refuser. Doit-elle rappeler que son oncle a été doge pendant cinq ans ?

La réponse tarde, mais elle est positive. Deux heures sont accordées un samedi. Ilaria sera chaperonnée par une fille plus âgée. Elles devront être conduites et reconduites aux portes de la Pietà.

Quand elle apprend la nouvelle, la joie de Prudenza est à la hauteur de ce qu'elle engloutit. Indigestion de joie et de gâteaux à s'en rendre malade et à rester alitée deux jours durant.

Rendez-vous donc deux semaines plus tard. Deux heures, de 17 heures à 19 heures. Giulietta accompagnera Ilaria.

Le jour dit, vers 16 heures, Ilaria se prépare. Sur son habit blanc, elle noue son ruban rouge, épingle en couronne ses tresses sur sa tête. Son violon dans son étui en bois, elle attend Giulietta qui la rejoint et lui sourit, comme tu es jolie !

Dans la cour, l'attente semble interminable. La Prieure apparaît peu avant 17 heures et quand le gondolier au service de la famille Leoni se présente, Ilaria est fébrile.

Deux lanternes sont allumées aux extrémités de la gondole. Maintenues sur des piquets de bois, elles chaloupent au gré des vaguelettes. Un second gondolier est resté dedans, quelques marches en contrebas du porche, il aide Giulietta et Ilaria à s'installer. La Prieure les salue d'un geste de la main, puis les regarde partir sur le petit canal qui longe la bâtisse.

Assise sur le banc central recouvert de velours cramoisi, Ilaria serre son violon contre elle. Giulietta la regarde avec tendresse et pose la main sur sa cuisse. C'est beau, n'est-ce pas ?

C'est magnifique, pense Ilaria quand la gondole, après le minuscule canal, débouche sur la lagune. Là se croisent des dizaines d'embarcations, des bateaux de pêcheurs, d'autres transportant des marchandises, fruits, vins, couleurs qui filent sur l'eau en direction de San Marco. Les gondoles des familles patriciennes sont reconnaissables aux insignes déployés.

Ilaria est émerveillée. C'est donc ça, la ville ! La rumeur que j'entends au loin.

Sous le ciel clair, la basilique Santa Maria della Salute, terminée depuis deux décennies, scintille de son marbre blanc. La gondole tourne pour rejoindre le grand canal jusqu'au palais des Leoni, somptueuse façade de pierres taillées en diamant, percée de fenêtres dentelées.

L'embarcation file sur un boyau perpendiculaire. Ilaria et Giulietta vont débarquer sur le côté du bâtiment et entrer par la porte de service. Un des gondoliers immobilise l'embarcation en se tenant à un pieu de bois, l'autre les aide à gravir les quelques marches.

Elles entrent, l'endroit est sombre. Au fond, un escalier mène à l'étage vers une vaste pièce dont les fenêtres bordent le grand canal. Des chandeliers sont allumés sur des coffres en bois. Ilaria n'a pas le temps de regarder que Prudenza, qui trépignait en les attendant, la prend par la main, viens, c'est en haut !

Dans le salon de musique, la mère joue du virginal posé sur une large table recouverte d'un tapis d'Orient. À droite et à gauche de l'instrument, les partitions d'Ilaria et Prudenza. Giulietta s'installe dans un fauteuil pour les écouter. On leur propose un verre d'eau coupée de vin qu'Ilaria boit d'une traite.

Elle ouvre la partition, c'est une cantate composée par Barbara Strozzi, musicienne morte quelques années auparavant. *Ninfa ingrata*, un violon, une basse continue et une soprano. Ilaria excelle dans l'art de déchiffrer. Toutes les musiques prennent vie sous ses doigts. Pour Prudenza, c'est plus difficile, elle s'arrête, recommence, peste. On demande de l'aide à Giulietta.

Ilaria se prend à rêver que ces deux heures pourraient être sa vie tout entière. La musique et la famille. L'ardeur qu'elle met soudain à jouer du violon parcourt son corps, fourmille dans ses mains. Son esprit, tendu par l'écoute, va exploser.

La voix, le virginal, la beauté. Elle tressaille, cette partition inconnue la remplit. Elle va prendre feu. Son violon va brûler, les tentures, le palais, tout va brûler. Elle n'est plus qu'une flamme vive, elle avec le ruban, l'habit blanc, ses tresses, une couronne incandescente.

Dans un mouvement irrépressible, alors que Prudenza et sa mère ne s'aperçoivent de rien, aveugles du brasier à venir, Ilaria pose son violon, court dans les escaliers en sens inverse et quand, à bout de souffle, elle se retrouve sur les marches où elle a débarqué une heure auparavant, elle défait son ruban, se déshabille, ne garde que la très légère robe qui lui sert de justaucorps, et plonge dans l'eau.

Les bras en croix, visage vers le ciel, on la voit et on l'entend dire, ça me brûlait trop ! Et Prudenza, riant, lui dit, j'arrive !

Les voici toutes les deux, étoiles de mer, dans le minuscule canal, se tenant par la main pour éteindre l'incendie.

Bientôt, sur l'étroit ponton, toute la famille accourt. La mère de Prudenza pousse de grands cris, sortez-les de là ! Valets et bonnes se précipitent. Le frère aîné de Prudenza, Paolo, rit aux éclats, mais regardez-les, elles sont folles ! Panique chez les Leoni. Et Giulietta voit la catastrophe advenir.

Les deux étoiles de mer bloquent la circulation des gondoles.

On les sort, elles grelottent. On les entoure de grands draps, on les frictionne. La mère de Prudenza ordonne qu'on les emmène en cuisine, qu'on fasse chauffer de l'eau. La maison entière sur leurs talons.

Dans la cuisine, Giulietta gronde Ilaria, mais vraiment ! Et la Prieure ? On ne peut pas te faire confiance !

Paolo serait bien entré lui aussi pour voir, il crie depuis la porte qui se referme, prévenez-moi la prochaine fois, qu'on se baigne ensemble !

Hilares et tremblantes, Ilaria et Prudenza, les pieds dans une grande bassine, sont aspergées d'eau tiède. Elles défont leurs tresses imprégnées de vase. Giulietta tient la robe d'Ilaria, essore le justaucorps. On le fait sécher quelques instants près du feu. Il faut se dépêcher, l'heure tourne. Giulietta la presse, vraiment, pour une première sortie, je te félicite !

Les deux jeunes filles rient de plus belle.

On les frictionne. Les cheveux d'Ilaria sont frottés et peignés. Elle refait ses nattes. Le violon est rangé. On leur donne à manger une pâte de fruits bien sucrée ; il est déjà temps de repartir.

Dans la gondole, se joignent au petit équipage Prudenza qui veut rester le plus longtemps possible avec son amie et Paolo qui n'en revient pas des extravagances de sa sœur. Le soleil décline sur le grand canal. Fragments de lumière sur l'eau. Couleurs orangées et mordorées des façades. Le feu, toujours le feu, songe Ilaria en tenant la main de Prudenza.

Giulietta, sourcils froncés et violon contre elle, se demande ce qu'elle va bien pouvoir expliquer à la Prieure. Ilaria semble lire ses pensées, on ne dit rien, on dit que tout s'est bien passé !

La joie qui l'envahissait à l'aller n'a pas déserté, pas même altérée par les possibles sanctions. Ilaria est pleinement heureuse. Elle découvre un monde nouveau, en expansion. La ville, si belle à cette heure du jour, son amie et cette musique qui l'enflamme.

Le trajet retour est trop rapide. Elle voudrait poursuivre plus loin, faire un détour encore sur cette gondole, avec l'exaltation qu'elle éprouve. Qu'est-ce exactement ?

La petite troupe débarque, ponctuelle. Bianca leur ouvre, remarque aussitôt la couronne de tresses mouillée d'Ilaria, ne dit rien. Elle lui demandera plus tard. Paolo explique qu'il a voulu les escorter jusqu'ici au nom de la famille. Jamais je n'ai entendu de si beau concert et nous souhaitons tous que ce plaisir soit prochainement renouvelé. Prudenza sourit jusqu'aux oreilles.

Après les politesses d'usage, Ilaria file vers le dortoir, Giulietta dépose le violon dans la salle des instruments, puis suspend le justaucorps sur l'encadrement du petit lit d'Ilaria. C'est l'heure du dîner au réfectoire, Ilaria s'assoit à sa place sur le long banc. Elle ne regarde personne, mange sa soupe sans un mot. Pourtant les questions fusent, alors ? raconte ! tu as tellement de chance !

Ilaria hausse les épaules, ne répond rien. Ces deux heures-là sont mon petit trésor. Une saveur nouvelle de liberté que je veux déguster seule.

Dans son lit, elle repense à la gondole, à ce voyage mouvant, la lagune, toutes ces vies croisées, ce grouillement imperceptible. Écoutant la respiration d'Elisabetta, les yeux fermés, elle se remémore la beauté des pièces du palais Leoni, la mère de Prudenza, la chance qu'elles ont de jouer et chanter ensemble quand elles le souhaitent. Un sentiment d'injustice la traverse, qui se mêle à la sensation de beauté.

Au milieu de la nuit, avant de s'endormir et dans le silence des autres, elle se dit que tout s'est rassemblé là. Ça s'est rassemblé dans mon violon, ce sentiment si fiévreux de bonheur. Et c'était trop, ça me brûlait.

Elle rit encore de sa fuite, de s'être mise à l'eau. Et puis, Prudenza…

Elle voudrait cette vie, chaque jour. Sortir et jouer de la musique.

Paolo ne dort toujours pas. Dans sa chambre, il regarde la grande tapisserie qui orne le mur, une scène de chasse, Diane dénudée, son carquois, son arc et un grand cerf. Dans le noir, il imagine les mille fleurs de cette tapisserie comme l'eau du canal, cette grande masse noire de laquelle surgirait un corps de femme. De toute jeune femme.

La nudité sous la transparence, à peine aperçue, suspendue, aussitôt recouverte d'un drap. Mais ce coup d'œil n'est pas perdu ; il s'est incrusté durablement dans sa mémoire.

La beauté du corps d'Ilaria le saisit du ventre à la gorge.

La semaine suivante, Giulietta annonce à la Prieure qu'elle veut prendre le voile. On tente de l'en dissuader. Mais comment ? Ta présence est si utile ! Ton enseignement ! Et puis, Dieu est partout, pas plus là-bas qu'ici !

Elle est inflexible, sa décision est prise. Derrière les grilles de San Zaccaria, quelques mètres à vol d'oiseau, elle veut poursuivre sa vie. Une de ses sœurs est là, elle a envie de la rejoindre. Elle pratiquera la musique avec la même ferveur, les concerts dominicaux y sont aussi très réputés. Elle enseignera moins, mais s'est résolue.

La Prieure n'a pas d'arguments contre ce rapprochement familial, même si elle se doute que d'autres raisons incitent Giulietta au départ. Elle ne se trompe pas, la vie dans ce couvent est plus libre qu'à la Pietà. Sa sœur, Antonia, rejoint régulièrement ses amis à la grille de la porte principale. Les correspondances sont autorisées, elles ne sont ni interceptées ni vérifiées. Antonia voit son amoureux quand elle le souhaite.

Giulietta, à vingt-cinq ans, veut s'émanciper de l'institution, de l'enseignement, et aussi de l'exigence d'Antonio. Il se cabre contre la décision de son élève, ne comprend pas. Pourquoi ? Ici, tu connais l'excellence. Ici, tu as toutes les opportunités pour jouer. Et surtout, pense à ta responsabilité vis-à-vis de tes élèves ! Alors qu'une religieuse de plus ou de moins...

Il sait qu'il perd une des chevilles ouvrières de son succès. C'est Giulietta qui organise les cours, horaires, programmes, répétitions, répartition des partitions à travailler, cahiers d'exercices à jour. Un nombre d'heures incalculable. Elle est corvéable à merci.

Elle a maintenant envie de voler de ses propres ailes ; le voile ne lui semble pas une contrainte. Au contraire.

Antonio et la Prieure parviennent à repousser son départ jusqu'à une belle journée d'automne. La cérémonie a lieu à San Zaccaria. Plusieurs filles de familles patriciennes entrent dans les ordres aujourd'hui, c'est une fête. Toutes de blanc vêtues, avec voile et couronne, lys dans l'église, encens à profusion, cierges par centaines. La cérémonie est faste, comme le concert qui l'accompagne. Antonio ne s'est pas fait prier. Dans un angle à côté de l'autel, il a installé son pupitre. Comme cadeau d'adieu, pour ta nouvelle vie, lui glisse-t-il à l'oreille, pour tout ce que tu nous as donné. Elle lui sourit, *grazie, maestro.*

Ilaria est là, les plus grandes élèves de Giulietta ont eu l'autorisation de venir, elles sont cinq à avoir mis leur ruban rouge. Les larmes aux yeux, elles se disent qu'elles aussi, un jour, peut-être. Quelles autres possibilités s'offrent à elles ? Le mariage, presque inaccessible pour les plus pauvres, ou bien enseigner à la Pietà.

À quatorze ans, Ilaria n'y pense pas, elle est heureuse. Toutes les cinq, accompagnées de la Prieure, sont assises sur un banc qui leur est réservé dans l'église. Prudenza, sa mère et Paolo se sont installés plus loin.

De la messe, Ilaria n'écoute rien. Dieu ne l'intéresse pas. Elle observe les femmes, leurs coiffures, regarde les peintures. Elle sent son âme se dilater, pleine à craquer d'encens et de lys capiteux.

Et le dos de Giulietta. Tout ce temps passé avec elle, sans le savoir, sans analyser ses gestes, simplement en les répétant ; notes en suspension, ajuster un doigt, ordonner l'archet. La transmission se passe dans une imitation profonde, éprouvée, malgré l'enseignement, malgré les mots, d'un corps à l'autre. Et maintenant, ce dos qu'elle observe.

Bientôt, Antonio s'accorde. Le silence pour écouter le maître et le dos de Giulietta qui tremble. Tant d'années avec lui ! L'émotion la prend à la gorge. Antonio est concentré sur l'endroit précis où l'archet entre en contact avec la corde. Cet endroit à la fois délicat et puissant qui produit le son, détente du bras droit, vivacité de la main gauche, esprit et respiration à l'unisson. Antonio est un maître de cet équilibre si fragile. À force de travail, la corde vibre, sonne librement.

Avant de fermer les yeux pour l'écouter, Ilaria regarde ses cheveux couleur braise. Elle se demande si Venise est une ville d'eau parce que justement tout s'y enflamme. L'instant d'après, elle se laisse porter par la phrase suspendue du violon.

À la fin de la messe, il y a des embrassades et des larmes.

Ce n'est pas un enterrement ! dit Giulietta radieuse. Je suis bien vivante, vous viendrez me voir, je suis juste à côté !

Oui, mais il faudrait que tu prennes le voile toutes les semaines, pour qu'on ait le droit de sortir… lui répond Ilaria entre deux hoquets.

Giulietta l'embrasse et lui dit à l'oreille, tu verras que ce n'est pas peine perdue, Antonio a quelque chose pour toi.

Je m'en fiche, d'Antonio !

Giulietta rejoint sa famille venue pour l'occasion. Les jeunes filles de la Pietà, la Prieure, Antonio, Prudenza, sa mère et Paolo sont sur le parvis. Reconnaissable entre tous, le *maestro* est abordé, sans cesse, par les fidèles et les badauds.

Paolo et Prudenza sont en grande discussion. Elle ne comprend pas pourquoi il a tant insisté pour venir. Tu as dû trouver ça tellement ennuyeux !

Mais ça m'intéresse de connaître la vie de mes congénères, la vie des Vénitiennes, de la Pietà au couvent, et puis j'aime la musique !

Ah oui ? Et depuis quand ? Je ne t'ai jamais vu aller à un seul concert !

Il finit par lui tourner le dos, voit alors Ilaria qui parle avec Antonio. Son cœur se serre, il serait presque jaloux de cette familiarité. Pourtant, de familiarité, il n'y en a aucune. À l'instant où il l'observe, Ilaria demande, *maestro*, Giulietta m'a dit que vous aviez quelque chose pour moi ?

Antonio la regarde, comme elle a grandi, il lui sourit, oui, le violon de Giulietta, c'est toi qui vas le jouer maintenant.

Ilaria en perd sa voix. Ses lèvres tremblent. Elle ne s'y attendait pas. Il voit son trouble, comprend. Il ajoute, les instruments passent de main en main, ils restent vivants et nous progressons. Tu vas voir, chaque violon est un monde qui s'ouvre.

Elle balbutie, merci, les yeux pleins de larmes.

Elle rejoint Prudenza, la prend dans ses bras, je vais jouer le violon de Giulietta, tu te rends compte ? Dans ce mouvement de joie, sans qu'elles s'en aperçoivent, le ruban rouge d'Ilaria se défait et glisse sur les dalles du parvis.

À quelques pas de là, la chute du ruban n'a pas échappé à Paolo. Dans un geste vif, il le ramasse, et alors que les deux jeunes filles s'étreignent encore, il le cache prestement dans la poche intérieure de son gilet.

Paolo a toujours été rêveur. Il rêve de chevaux, de terres infinies, de croisades, de voyages, il rêve de sortir du palais familial cerné par l'eau. Le commerce lucratif de ses parents ne l'intéresse pas.

Son frère aîné, après son mariage, s'est installé sur la *terra ferma.* Dès qu'il peut, Paolo le rejoint. Il n'y va pas pour la fraternelle compagnie, mais pour celle des chevaux : une dizaine de pur-sang. Muscles saillants, fessiers superficiels de l'arrière-main puissants sous leurs luisantes robes.

À l'aube, le ventre vide, il prépare lui-même sa monture. Il aime parler, caresser, brosser l'animal. Il aime le cuir lustré, le mors et la selle, le bruit métallique des étriers, l'odeur de foin, de crottin. Un certain parfum de liberté.

Avant de le monter, il flatte l'encolure du cheval, sait alors qu'ils sont deux à se réjouir. Et quand il file sur cette terre ferme sans aucun pont ni canal pour freiner sa course, il défie les éléments et abandonne sa prison d'eau.

Paolo rêve de reconquérir la Crète depuis qu'Héraklion est tombée aux mains des Turcs. Son père lui parlait sans cesse de batailles, de la défaite cuisante de Venise, du déshonneur sur la ville. Une honte dont on ne se remet pas.

On a tout perdu, Paolo, la richesse et l'Orient. Aujourd'hui, Venise n'est plus qu'un tout petit bout de terre sur la lagune, un vestige du faste passé. Il lui racontait encore et encore la guerre de Morée, les combats et la bravoure de Francesco Morosini. Tu peux être un homme comme lui, Paolo ! La Sérénissime attend de chacun d'entre nous le meilleur, et surtout, et surtout, insistait-il, que le monde entier le sache !

Déjà, prenant son épée en bois et devant la grande cheminée du salon, le petit garçon se dressait devant son père. J'irai, j'irai ! Le père vivant riait. Et le père, mort depuis, ne doutait pas, un instant, de la pugnacité de son fils.

Paolo reviendrait un jour avec la croix de l'ordre des Chevaliers de San Marco. Il ne suffisait pas que la famille Leoni soit inscrite sur le Livre d'or de la ville, il fallait qu'il soit un *cavaliere* valeureux.

Paolo rêve sur son cheval au galop.

Toute son enfance et son adolescence ont été bercées par ces voyages extraordinaires, la Turquie, la Grèce, là-bas, vers l'Orient. Depuis toujours, il se destine à quitter son lieu de naissance. Mais maintenant qu'il galope dans la lande, un autre mirage le poursuit : Ilaria. Comment cette inconnue a-t-elle pu dévorer de la sorte sa pensée ? L'image de son frêle corps sous le voile mouillé l'assaille sans cesse. En dérobant le ruban, il avait espéré se délivrer, par la présence concrète de l'objet. Mais son obsession n'a fait que croître.

Il avait d'abord mis le ruban dans un tiroir du secrétaire marqueté où il s'assoit pour écrire, mais il passait son temps à ouvrir et fermer le tiroir pour le toucher, le lisser entre ses doigts, l'enrouler autour de sa paume, le ranger avant de recommencer. Sous l'œil compréhensif de Diane, il a ensuite décidé de cacher le ruban sous son oreiller, et ainsi, de passer la nuit ensemble ; ce talisman les rapprochait. Le ruban qui a touché ton corps, ma main le caresse.

Il a alors imaginé mille subterfuges pour la revoir, mais comment ? Et il a finalement rendu au ruban son usage premier, il s'est ceinturé avec. À même la peau, le ruban enserre son abdomen. Quand il a vraiment envie de sentir sa présence, il resserre le nœud. Il a l'impression d'être coupé en deux, au centre Ilaria. Il aime cette contrainte, il chérit le ruban, son secret, son îlot, son amour.

À bride abattue dans la lande vénitienne, l'aube fouettant son visage, pur-sang fumant, porté par cette ardeur nouvelle qui se prénomme Ilaria, il chevauche sans qu'elle en sache rien. Ce secret, qui le ceinture, protège sa flamme.

Que se passerait-il s'il lui ouvrait son cœur ? La réalité ne viendrait-elle pas brutalement détruire son idéal ?

Dans l'exaltation de sa jeunesse, dans tous les possibles qu'elle abrite, il se persuade que jamais il n'aura l'audace de le lui dire. Cet amour est le sien. Seul. Plus encore qu'avant, il veut s'éloigner de Venise, laisser derrière lui îles et lagunes, pour se diriger vers l'Orient et ses promesses de courage, uniques preuves de son amour.

Ilaria, chaque bataille sera livrée pour toi, à ton insu. Sur les terres ennemies, mon corps mort fécondera le sol aride pour devenir un jardin qui te sera inconnu.

Pendant des heures, Paolo épuise sa monture, puis revient fourbu et heureux, galvanisé par ce qui le dévore. Quand il rentre et s'assoit autour de la table du déjeuner, son frère l'observe, tu es sûr que tout va bien, Paolo ? Tu sembles fiévreux.

Je n'ai jamais été aussi bien, répond-il en touchant discrètement le ruban. Jamais ! Je veux partir ! Tu m'aideras à convaincre maman ?

Mais qu'est-ce que c'est que cette envie furieuse de toujours partir ? Si tu avais vu ce qu'est la guerre, tu ne bougerais pas du palais Leoni.

Décidément, personne ne comprend rien, pense Paolo.

De retour à Venise, il dit à sa mère qu'il veut s'entraîner de nouveau avec le maître d'armes pour être prêt.

Prêt à quoi, mon chéri ?

Prêt ! répète-t-il d'un ton ferme.

Quelques jours plus tard, on entend résonner, dans tout le palais, les lames qui se croisent. Soubresauts sur l'eau du canal.

C'est dans cet épuisement physique que Paolo parvient à distiller, goutte à goutte, l'amour qui le submerge. Le soir, avant de se coucher, il pose son épée et son arquebuse sur le coffre, en contrebas de la tapisserie. Il jette un coup d'œil complice à Diane. Une caresse discrète au ruban. Il a soudain envie de jeter quelques mots sur le papier.

Assis devant la feuille, plume imbibée, rien ne lui vient, aucun lyrisme, des banalités. Il désirerait pourtant laisser une trace de son secret. Il écrit seulement : *Ilaria, je t'aime, tu peuples mes jours et mes nuits. Diane seule le sait.*

Rien d'autre. Les mots réduisent son amour, l'appauvrissent.

D'un geste vif, il enferme la feuille dans le tiroir. Frappant son poing sur sa cage thoracique, il murmure, c'est là que ça se passe. Là, nulle part ailleurs.

Ilaria ne voit rien de l'amour.

Elle avance aveugle à ce sentiment, qui la ramène aux Noëls avortés, à sa jalousie envers ses sœurs libres et leurs robes, aux fruits et aux poissons dévorés ces jours-là. Elle ferme les yeux et voit sa mère.

Existe-t-il entre les êtres un sentiment assez souverain, assez désintéressé pour ne jamais céder à la tentation de l'abandon ?

Non, elle ne le croit pas. Alors, grâce à son violon, à la puissance du son, elle paralyse le mélange amer de sentiments qui naît en elle, chaque fois qu'on lui parle d'amour. Elle préfère son amitié avec Prudenza et sa passion pour la musique. C'est plus que suffisant. Elle sortira de l'institution grâce au violon, rien d'autre.

Elle a mis du temps à prendre dans ses mains l'instrument de Giulietta. Il semblait encore habité, voire possédé, imprégné des dernières vibrations de la jeune femme. Dans la salle, elle commence par le poser sur la table, tourne autour, n'ose pas le toucher. Elle pense à ouvrir la fenêtre pour aérer, et puis se dit qu'elle est complètement idiote.

C'est juste du bois, un joli bois bien agencé, de belles courbes, un vernis de miel, des ouïes élégantes, et ce dos qui ondule. Elle le caresse de son index, de bas en haut, elle sent sous sa pulpe l'infime différence de densité qui rend visibles les ondulations. Son index, sur les nervures, avance lentement.

Elle retourne le violon, regarde la table d'harmonie, approche son visage des cordes et souffle doucement à l'intérieur des ouïes. Son souffle résonne. Elle entend l'air qui s'infiltre comme dans un gros coquillage, comme le bruit du vent s'engouffre dans un escalier et vibre à l'appel de fenêtres ouvertes. Sa respiration parcourt les fibres. La respiration et les notes ne sont que du vent.

Elle hésite encore. Le violon à la main, elle va à la fenêtre, voit les allées et venues dans la cour. Bianca passe. Elle s'est voûtée, a vieilli. Que sera son corps à elle à cet âge-là, cinquante ans ?

Elle prend l'archet.

Le violon n'a pas été joué depuis plusieurs jours, il est complètement désaccordé. Elle s'applique, vérifie chaque quinte plusieurs fois. Puis entame une gamme. De la corde sol à l'aigu, elle parcourt, sur la touche, toute la tessiture de l'instrument. La sensation des cordes sous ses doigts n'est pas si différente de celle de son violon précédent. Leur tension à peine moindre. Non, ce qui la saisit, c'est le son. Le son, quand elle commence le largo d'une sonate d'Antonio. Elle démarre chaque séance de travail par cette pièce ; une façon de se concentrer aussitôt.

Aujourd'hui, le largo sonne autrement. Ce sont pourtant les mêmes bras, les mêmes gestes, au millimètre près, sans aucun compas. Il ne s'agit pas d'une nouvelle manière de jouer, de vibrer, de modeler le son. Non, il s'agit du violon. Sa voix à lui qui se mêle à son archet à elle.

Et ce largo, territoire qu'elle arpente chaque jour, connaissant chaque note, retournement, accord, liaison et soupir, devient un autre lieu, une chapelle, dalles de pierres et marqueterie de marbres colorés ; chapelle perdue sur la colline, beauté inattendue dans la verdure nimbée d'une lumière chatoyante. Quand Ilaria y entre timidement, soudain l'invitée d'un endroit qu'elle croyait connaître, quand après les premières mesures, elle prend de l'assurance, la chapelle devient un lieu-dit de son esprit dans lequel elle pourra revenir à sa guise. Un espace intérieur qu'elle découvre et son imagination grandit d'autant.

Elle ne savait pas que son corps était capable d'émettre une telle sonorité. Avant, son imaginaire la guidait, maintenant, c'est le violon. Elle se souvient alors des mots d'Antonio : un monde qui s'ouvre.

Ça lui coupe le souffle. Le même largo, les mêmes cordes, cette même salle des instruments dont elle connaît si bien l'acoustique. Et pourtant, tout est nouveau.

Antonio appuyé contre la porte, dans le couloir, écoute l'émerveillement de son élève. Les yeux écarquillés devant la beauté, il entend ce son nouveau. Il sent la promesse qu'il porte. Chemin après chemin, la route se fait de plus en plus longue, tortueuse, elle n'en finit pas de finir, mais elle est parcourue.

Dans sa main, une partition. Il attend avant de frapper et d'ouvrir la porte. Il retient quelques instants encore l'intrusion qu'il va commettre.

Et quand il entre, il la voit qui se retourne, les yeux soudain perdus, heurtés par la brusque réalité.

Il s'excuse, pardon, Ilaria. Alors, ce violon ?

Elle n'a pas de mots, ne répond pas.

Maladroitement, il pose sa partition sur la table, une *sonata a tre.*

Aurais-tu la gentillesse de recopier chaque partie séparée ?

Et il s'en va, se maudissant de ne pas avoir su la laisser seule dans cet espace intime et lointain.

Depuis plusieurs mois, Antonio lui confie la tâche de recopier ses brouillons. Il aime son écriture, son trait clair et bien lisible.

Il regrette que si peu de ses œuvres soient éditées. Il compose beaucoup pour la Pietà, jette tout sur le papier à grande vitesse ; il a besoin d'autres mains pour l'aider. Giulietta s'en est chargée un temps. C'est au tour d'Ilaria, en plus du violon.

Elle aime cette charge qui lui permet de s'extraire de la collectivité et de s'installer dans la bibliothèque jusqu'à tard le soir. Deux bougies de chaque côté du bureau, l'encrier et les feuilles volantes. À l'aide d'une règle, Ilaria prépare le papier à musique en traçant les portées avec une plume en fer pourvue de cinq pointes espacées. Elle note, ensuite, en haut de la page, à quel instrument est destinée cette partie.

Et elle recopie.

Dans le silence de la bibliothèque, elle entend chaque note de la composition d'Antonio. Une voix après l'autre, ça s'échafaude. Une sonate, l'édifice est simple. Une messe avec chœur, la construction complexe apparaît peu à peu.

Ilaria entre alors dans l'esprit du compositeur. Elle voit les sentiers qu'il emprunte, les bifurcations, les traverses, les évitements, les évidences qui tissent sa musique. Elle pénètre le labyrinthe de la fabrication. Et ce faisant, elle apprend. Les accords se succèdent, la ligne du violon se dessine, elle la sent sous ses doigts. Le mystère se révèle.

Pour Antonio, il n'y a pas de mystère, seulement la nécessité d'être aidé. Lui aussi a recopié des pages et des pages de son propre maître. C'est à la table que l'apprentissage se fait. La musique est une suite de notes, un assemblage de chiffrages qu'il faut maîtriser et qui sont les tuteurs de l'émotion.

Alors qu'Ilaria vient à peine de tracer les portées pour recopier la partie de violoncelle, elle sent quelque chose dans son ventre. Ça se tord à un endroit qu'elle n'a jamais senti auparavant. Instinctivement, elle soulève sa robe et regarde l'entrejambe de sa longue culotte. Une tache rouge, une belle tache rouge profond sur la toile légère.

Qu'est-ce que c'est ? Ce rouge est vivant.

Il lui rappelle une scène dans la cuisine, quand une des femmes s'était entaillé la paume en vidant un poisson. Une belle coupure, nette, en forme de bouche. Elle avait vu cette bouche s'ouvrir dans la paume et le sang s'écouler. Les autres cuisinières s'étaient alors affolées, vite, vite, un linge et on avait bandé la main.

Quel linge se mettra-t-elle ?

Dans cette communauté de femmes, Ilaria sait bien ce que sont les règles. Prudenza, chaque mois, mi-fière mi-agacée, lui dit, voilà, ça recommence, je les ai encore ! Et Ilaria de répondre, moi toujours pas.

Là, elle regarde la tache, qui s'agrandit et qui bientôt, lui semble-t-il, va recouvrir toute sa culotte. Elle desserre le lien de son pantalon fin, glisse un doigt entre ses lèvres, l'observe. Rouge, ongle imprégné d'une substance légèrement visqueuse qui coule le long de son doigt. Elle recommence, observe encore. Oui, rouge, bien rouge. Elle le porte à sa bouche. Goût métallique, aucune odeur.

Et soudain, comme consciente de son geste, elle renoue sa ceinture, et rabat sa robe.

Il faut qu'elle aille à la buanderie voir Livia. On lui a expliqué comment procéder. Si ton dessous est taché, tu vas voir Livia, elle va t'en donner un autre, ainsi qu'un linge. Tu le places entre tes jambes. Et le lendemain, si nécessaire, tu y retournes. Elle te dira de mettre ton linge sale dans un panier, n'oublie pas de le refermer. Ça pue ! Toutes lui ont dit ça, comme ça sentait mauvais, comme l'odeur du panier était nauséabonde. Pourtant, elle a goûté et n'a rien senti, à part le sang et le mal de ventre.

Livia est la gardienne du linge de toutes les filles. Elles ont, chacune, deux robes blanches en toile épaisse brodées à leur prénom sur le col. Elles en changent une fois par mois. Elles ont un pantalon du dessous en coton fin lavé toutes les semaines. Elles en possèdent trois. Une paire de chaussures fermées pour l'hiver et des sandales pour l'été. Certaines solistes plus âgées ont le privilège, comme Maria jadis, d'agrémenter leurs habits des foulards qu'on leur offre ou bien de nœuds, de bijoux, tout ce qui leur permet de se distinguer des autres. Elles sertissent leurs tresses de liens de cuir, parfois même de chaînes dorées. Et toutes les autres s'extasient de cet art du détail soudain si tapageur.

Ilaria se demande si elle doit d'abord finir de recopier la partie de basse ou bien aller voir immédiatement Livia. Elle décide de rester, elle a presque terminé. Elle plie son mouchoir, puis le glisse, en attendant, entre son pantalon et son habit.

Elle reprend la partition avec les portées déjà tracées, deux lignes exactement, et sans s'en apercevoir, laisse l'empreinte de son majeur taché de sang sur le verso de la feuille.

Les robes, plus de robes. Elles aimeraient toutes se différencier en portant de la couleur, d'autres tenues que cette toile rêche, informe. Quand des jeunes filles de l'extérieur viennent suivre des cours, elles sont l'objet de toutes les curiosités et jalousies. Prudenza, à son arrivée, aimait l'effet qu'elle produisait. Elle choisissait avec soin ses habits pour être sûre de leur signifier quelque chose. Quoi exactement ? Une différence qu'elle ne sait pas nommer ? sa liberté ?

Quand elle avait compris qu'elle ne faisait que blesser celles qui deviendraient ses amies, elle avait cessé d'ajouter des rubans, des froufrous, des talons, et s'habillait désormais le plus sobrement possible. Les yeux exercés des jeunes filles de la Pietà avaient aussitôt repéré ce changement et accordé à Prudenza une place parmi elles.

Ce matin-là, les robes occupent encore les esprits. La Prieure a décidé de renouveler la plupart des habits et d'en modifier légèrement la coupe. Elle n'a pas hésité à rappeler aux Tagianotte leur promesse. Des centaines de mètres de tissu pour des centaines de filles qui utilisaient jusque-là les robes de leurs aînées, élimées à force d'usure.

Francesca vient en personne, elle veut voir Ilaria. Elle se souvient de cette fois où sa fille s'était cachée dans la remise, mais le souvenir qui la terrifie est celui du dernier Noël. Ses filles aînées avaient affublé Ilaria d'une robe rose richement brodée, elles avaient paré de rubans sa chevelure, et Ilaria s'était laissé faire en rougissant de leur attention.

L'habit fait la famille, croyait-elle. En revêtant ce qui appartient à l'autre, je lui ressemble et lui vole son âme.

Elle en était là, au plus profond de ce rapt émerveillé, l'épiphanie de son rêve, quand ses sœurs, une fois leur œuvre terminée, avaient commencé de lui susurrer à l'oreille, la petite chienne a l'air d'une pute, la petite chienne a l'air d'une pute.

Alors le sang d'Ilaria n'avait fait qu'un tour, une flamme centrifuge s'était emparée de son esprit, le dévorant en un instant.

Le visage empourpré, pleine de colère, elle avait arraché un à un les rubans qui retenaient sa chevelure, tiré sur les lacets de sa robe. Sur le sol gisaient crépons et dentelles, soies et jupons. Les deux sœurs continuaient de se moquer, la petite chienne a l'air d'une pute…

Ilaria n'avait plus dit un mot le reste du jour, elle était restée prostrée le temps que les heures passent, le temps de rentrer là où elle était à sa place, là où elle n'avait l'air de rien.

Francesca n'a pas revu sa fille depuis, elle s'inquiète de l'accueil qu'elle lui fera. Elle voudrait lui dire, dans ce huis clos paisible, combien elle l'aime.

Dans le réfectoire, elles sont six. Trois pensionnaires, une petite de huit ans, Ilaria, et une jeune femme de vingt ans, avec Francesca, Bianca et la Prieure. Trois modèles pour trois tailles. Francesca a pris plusieurs échantillons de tissus, et une grande toile dans laquelle elle pourra découper directement un patron.

Les gestes des instrumentistes doivent être plus aisés, lui avait indiqué la Prieure.

Émue de voir sa fille, Francesca hésite, puis se décide à la serrer dans ses bras. Ilaria reste raide, glacée par l'amour maternel malvenu dans ce réfectoire.

La Prieure détourne le regard, elle déteste les effusions. L'amour se met toujours en travers de la raison. Elle interrompt l'embrassade.

Allez, allez, commençons…

Parmi les différentes étoffes, la Prieure a choisi un fil de lin assez lourd et épais. Le plus résistant, lui a assuré Francesca.

La petite se place devant elle et Francesca se met à genoux. De son œil expert, elle détaille la morphologie de l'enfant, lui demande gentiment de se tenir bien droite, les bras en croix. La petite s'exécute, ravie d'être tout à coup au centre de l'attention, elle sourit béatement. Elle aimerait bien, elle, que cette gentille dame la prenne dans ses bras. Elle est si fière de servir de modèle pour toutes les autres filles de son âge.

Francesca découpe une encolure un peu plus large que les vêtements précédents et ajoute de l'amplitude à la couture des épaules pour que les musiciennes puissent jouer sans être gênées. Il faut qu'elles aient chaud et soient libres des mouvements de leurs bras. La Prieure ne permet aucun autre changement. Pour elle, les jeunes filles ont un cou et des bras, c'est tout.

Bianca, Ilaria et la Prieure regardent la couturière. Elle va vite, coupe, surfile sur le corps de la petite fille, se lève, prend du recul, s'enquiert de comment elle se sent, explique qu'il y aura un autre essayage avant l'habit définitif.

C'est au tour d'Ilaria. Elle enlève sa robe, garde sa tunique légère et sa culotte en forme de pantalon, légère elle aussi.

Francesca découvre sa fille, si menue. Elle se revoit adolescente et soudain se demande si Ilaria a déjà ses règles. Elle la regarde maintenant dans les yeux, cette enfant dont elle sait si peu. Sauf son amour, mon amour toujours là, jusqu'au bout, jusqu'à ma mort. Sans aucun doute, il y a tellement de moi en toi.

À son tour, Ilaria lève les bras en croix. Elle est fière aussi que son corps soit le modèle de toutes les autres filles de son âge. Elle sent le poids du tissu sur ses épaules, sourit à Bianca. Elle est heureuse, entourée de tant de douceur.

L'habit s'ébauche, elles le porteront de nombreuses années.

Ilaria ne sait pas que Francesca cachera, dans les deux robes qui lui sont destinées, un peu de bleu. Ce bleu du début de son amour avec Giacomo, un fin liseré, une présence discrète dans l'ourlet.

Dans la bibliothèque paternelle, Paolo attend son précepteur. Il s'ennuie, ne rêve que d'étoiles et d'horizons lointains. Les Leoni espéraient, pour leur cadet, une carrière diplomatique, mais c'était oublier sa propension à ne retenir que ce qui l'intéresse, à n'écouter que les récits de stratégies militaires. Les affaires, le lustre économique de la famille, il laisse tout ça à son frère aîné qui, depuis la *terra ferma*, continue de faire fructifier leur glorieux passé.

Et leur mère toujours de dire, comment est-il possible d'accoucher de deux fils si différents, l'un accroché à la terre et l'autre suspendu aux étoiles ?

Elle se trompe en donnant la part belle au hasard, les légendes familiales s'arriment durablement dans une âme aussi tendre que celle de Paolo.

Assis au bureau de la bibliothèque, son regard perdu le long des rayonnages, caressant les reliures de cuir brun, l'esprit du jeune homme divague, et bientôt s'envole par la fenêtre.

Tout en observant le palais de l'autre côté du grand canal, cette façade qu'il connaît par cœur à force de l'avoir scrutée chaque jour depuis son enfance, façade familière, bien plus sobre que la leur, il pense soudain à Galilée qui, lui a-t-on si souvent dit, est venu dans cette même bibliothèque pour discuter avec son arrière-grand-père. Le grand homme lui avait même dédicacé un exemplaire de *Sidereus nuncius*. Féru de science, l'aïeul avait acheté l'ouvrage dès sa publication, n'y entendant qu'un mot sur deux, mais persuadé que la Sérénissime comptait là un savant hors du commun.

L'arrière-grand-père avait souvent raconté à ses fils comment un an plus tôt, le 21 août 1609, il faisait partie de ceux qui, depuis le haut du campanile de San Marco, avaient eu la chance d'utiliser la lunette astronomique tout juste achevée par le savant.

Et les mots de l'aïeul avaient été transmis à Paolo avec exactitude : « Je regardais à travers la lunette et en tendant le bras, je pouvais toucher Murano. »

Cette vision avait rendu le vieil homme presque fou. Avec cette lunette, tout semblait à portée de mains, la réalité se présentait soudain différente. Les yeux, dont Dieu avait pourvu les visages humains, devenaient perfectibles. Que restait-il de cette excellence humaine que l'on croyait inaltérable et qui, grâce à un si modeste instrument, un tube et deux lentilles, s'avérait imparfaite ? L'unique fenêtre des hommes sur le monde déformait-elle la réalité ? Ces questions hantaient l'aïeul. En tendant le bras, j'aurais pu toucher Murano, je voyais les maisons, les maisons et leurs couleurs, je voyais les bateaux qui accostaient, et dès que j'enlevais la lunette, tout disparaissait, redevenait lointain et flou. Le vieil homme se perdait en conjectures. Si Dieu avait décidé de rendre l'homme à moitié aveugle, quelle vérité tentait-il de cacher ?

Quand il avait réussi à se procurer un exemplaire du précieux *Sidereus nuncius*, il y avait avidement cherché une réponse. À la seule lecture que la Lune puisse être pourvue de montagnes, sa raison déjà fragile avait chancelé un peu plus.

Et ainsi, de génération en génération, les fils s'étaient posé cette même question : la réalité est-elle un mirage ?

Paolo n'a le droit d'ouvrir l'ouvrage qu'en présence de son précepteur et avec l'autorisation de sa mère. Il a lu en diagonale les données techniques, mais s'est largement arrêté sur les dessins du savant : des étoiles imprimées sur du papier. Cette réalité-là lui semble tout à fait tangible.

Il écoute le précepteur, apprend équations et latin. Et le turc ? Il aurait tant aimé apprendre le turc, mais on l'a regardé avec effroi. C'est une lubie, lui a-t-on asséné.

Aujourd'hui, sa mémoire voguant de la façade du palais d'en face aux dessins de Galilée, il se demande si, avec cette fameuse lunette, du haut du campanile, il pourrait voir la Pietà, et pourquoi pas le moindre mouvement d'Ilaria, et pourquoi pas encore, pointant l'instrument avec précision, le lit d'Ilaria.

Il la verrait nue, tout à fait nue, sans voile mouillé. Il tendrait alors le bras et la caresserait ; longtemps, son corps entier. Cette nudité serait tout sauf un mirage. Et parce que l'esprit dans ses déambulations passe parfois d'un corps à l'autre, il revoit maintenant le corps de Chiara dans le bordel où l'avait emmené son frère. Une maison close élégante en forme de labyrinthe, où les couloirs mènent à de multiples chambres, toutes agrémentées de miroirs sans tain. Délicieuses fenêtres qui percent l'obscurité pour embraser le désir.

Il s'était retrouvé dans une de ces chambres, avec Chiara à demi vêtue qui souriait de sa gêne. Posant les mains maladroites du jeune homme sur ses seins, elle l'avait embrassé, et dans un délicat mouvement de langue, avait exploré sa barbe naissante, clairsemée. À la commissure, elle avait senti un grain de beauté saillant et s'était exclamée en riant, mais toi aussi tu as un clitoris !

Et sans rien comprendre, il avait ri avec elle.

Aujourd'hui, en attendant son précepteur, il se dit qu'il n'y a pas de mirages, mais des corps. Des corps vivants.

La Prieure est encore dans son lit, elle s'est réveillée il y a peu, a mal dormi. Elle essaie de deviner l'heure à travers les persiennes ; en ce dernier jour de mai, l'aube est là. L'angélus va bientôt sonner et la journée commencer, immuable, depuis dix-sept ans qu'elle dirige l'institution. Les règles veulent que peu après les cloches, une *maestra* parmi les musiciennes les plus âgées, vienne pour l'aider à se préparer. Même si elle apprécie ces égards dus à sa fonction, elle préférerait s'habiller seule.

Sous le lourd drap de lin, elle somnole. Elle aime la monotonie des jours, leur similitude : angélus, prières dans l'oratoire. Réfectoire. Les filles vont ensuite travailler leurs instruments ou aider dans différents ateliers. Au signal de la clochette de la semainière, c'est le déjeuner.

Elles arrivent en rangs par deux, se lavent les mains et s'assoient à leur place dans la grande salle voûtée. Le repas se passe en silence. Seuls quelques bavardages discrets sont admis. En mâchant, on écoute les Évangiles.

La Prieure, qui s'étire dans son lit, mange à une table à part. Elle peut inviter une des jeunes filles qui s'est particulièrement distinguée les jours précédents à se joindre à elle.

Et la journée continue ainsi, entre oraisons et répétitions, jusqu'au soir.

La Prieure n'a de compte à rendre qu'aux gouverneurs qui l'ont nommée, les mêmes qui parfois lui demandent pour faveur que telle ou telle musicienne vienne se produire chez eux. Le vrai pouvoir de la Prieure est là : les autorisations de sortie de cette institution républicaine dont les règles sont calquées sur celles des couvents. De la discipline, il en faut, elle ne le sait que trop. Combien de rébellions a-t-elle étouffées durant toutes ces années ? Elle n'en tient plus le compte.

Les caprices de celles qui prétendent avoir droit à une chambre individuelle, et d'autres qui sont régulièrement invitées à jouer dans des familles patriciennes, puis paradent avec les rubans et les chaînettes en or qu'on leur offre. L'uniforme n'y fait rien. Elles trouvent toujours une façon de se distinguer.

Parfois, elle en rit, parfois elle s'en désespère.

L'autre jour, pendant l'essayage, elle a bien vu comment la petite et Ilaria s'enorgueillissaient de servir de modèle. Elle se souvient aussi de sa jeunesse, comme elle a découvert son corps, sa féminité, puis de les avoir refoulés à force de prières et de bonnes intentions.

En se retournant dans son lit, elle pense à Clorinda qui va bientôt entrer. Chaque mois, tel est le règlement, la jeune femme à son service est remplacée. Règlement dicté par les gouverneurs terrifiés à l'idée des « amitiés particulières » qui pourraient naître. Amitiés particulières, quel joli intitulé... Clorinda ne lui plaît pas. Il y a longtemps que toutes formes de désir se sont éteintes en elle. Mais elle ne peut nier que certaines des *maestre* l'ont émue jusqu'à l'os.

Un besoin criant de tendresse la prend le matin, toujours le matin, à cause de la mollesse du sommeil, et de sa torpeur, quand elle n'a pas encore revêtu sa carapace d'autorité. Un corps près d'elle, dans ses bras, au chaud de son lit, elle en a rêvé de si nombreuses fois. Un souffle, une présence, rien de plus, une chaleur autre que la sienne. Et de la douceur...

Après quelques lettres échangées avec de jeunes hommes, elle avait décliné deux demandes en mariage. Rien n'est aussi fort que le pouvoir qu'elle a ici. Pouvoir de se sentir utile auprès des générations de filles qui trouvent refuge et instruction à la Pietà.

La Prieure a aussi le privilège de siéger à certaines audiences des gouverneurs. Elle aime être entourée d'hommes, être écoutée par eux. Elle a l'impression que sa voix compte. Elle savait qu'en se mariant, sa voix resterait dans la sphère intime. Ici, c'est une voix publique qu'elle trouve, et pas si modeste, se plaît-elle à penser. Son destin se lie à tant d'autres. Voilà ce qui lui permet d'affronter et d'aimer la monotonie des jours, leur régularité, leur similitude.

Au fil des années, elle a appris à déceler le moindre détail changeant, la lumière, le rouge-gorge qui se pose sur le rebord de sa fenêtre, la fleur qui éclot, et surtout le talent d'une enfant qui se déploie sous ses yeux. Et la musique ! Comment s'habituer à cette beauté, chaque jour renouvelée dans l'église, livrée et délivrée lors des concerts dominicaux ? De sa place, elle écoute et se laisse traverser. Là, réside l'abandon de la chair, le mien, pense-t-elle en souriant.

L'angélus sonne, et presque aussitôt Clorinda frappe. Entrez ! Elle porte une petite bassine en faïence remplie d'eau, ainsi qu'un linge plié sur son bras, impeccablement repassé. Elle les dépose sur la table, se retire sans un mot. La Prieure n'aime pas parler le matin. Elle préfère garder le silence jusqu'à la messe, écouter le *De profundis* comme premiers mots du jour. Les mots sacrés viennent se fixer en elle et lui permettent de commencer sa journée avec la gravité nécessaire. Une gravité qui n'est pas exempte de joie.

Elle se lève, se lave les mains, se passe de l'eau sur le visage. Sensation de fraîcheur, et son épiderme s'anime. Elle s'essuie avec le linge un peu rêche, prend une grande inspiration, ouvre les bras, fait quelques mouvements de rotation et passe son habit. Elle devra répondre aux Leoni qui lui ont demandé une autorisation de sortie pour Ilaria. Elle chasse cette pensée, réfléchira à toutes ces contingences après l'office.

Prudenza n'a pas eu à insister longtemps pour que sa mère accepte d'inviter Ilaria.

Mais vous ne vous mettez pas à l'eau ! avait d'abord répondu la mère en levant les yeux au ciel. Et Prudenza avait ri en repensant à la scène. C'était tellement drôle !

Maman, c'est son anniversaire, elle va avoir quinze ans. Faisons-lui une surprise !

Pourquoi résister à une si jolie amitié ?

La Prieure n'avait pas trop tardé à répondre positivement. Elle se ramollit, pensa la mère. Et la date fut fixée à la mi-juin.

Le cœur d'Ilaria avait cogné dans sa poitrine.

Oui, oui, oui, je vais sortir d'ici !

Les jours précédents, elles en avaient parlé sans cesse, organisant, défaisant, reconstruisant, élaborant chaque moment de ce qui ne serait jamais une surprise. Et l'imagination d'Ilaria s'était aventurée. Aller encore plus loin, derrière les îles…

On va essayer, mais Prudenza savait que ce ne serait pas simple.

Et si vous vous fichez encore à l'eau ? Qu'est-ce que vous voulez faire là-bas ? Non, ce n'est pas du tout sérieux ! La musique oui, ce caprice, non !

Prudenza avait alors rappelé à sa mère les semaines qu'elle avait passées, enfermée dans sa chambre. Tu veux que je recommence ?

Mais c'est du chantage !

J'y vais de ce pas si tu veux ! avait répondu sa fille, impassible.

Pourquoi ne pas retenir précisément certaines dates ? Une date au hasard, pour le simple plaisir du souvenir ? Prenons le 16 juin 1714, au matin.

Les années précédentes, il n'y avait jamais eu de célébration ou d'événements particuliers. Au réfectoire, la Prieure se lève et dit à voix haute les prénoms des filles dont c'est l'anniversaire. Pour celles dont on ne connaît pas exactement la date de naissance, on fête le jour de leur entrée dans l'institution. Le 31 mai, il y a un peu plus de deux semaines, la Prieure a prononcé son prénom. Quinze ans.

Francesca, sa mère, y a-t-elle pensé ? Et Giacomo, son père ? Au petit matin, en ont-ils parlé ?

Elle a appris qu'une de ses sœurs s'était fiancée. Bientôt, une de moins à la maison. Ilaria s'était dit qu'à force, elle se retrouverait seule avec eux un Noël, et qu'alors, un jour par an, ils seraient tout à elle. Ses parents. Un jour l'an, elle jouerait à être fille unique, unique en son genre, unique en tout. Aujourd'hui, elle a quinze ans.

Ça ne représente pas grand-chose, sauf cette sortie qui se profile, sauf ce 16 juin qui se lève sur la lagune.

Prudenza a été évasive sur ce qui est prévu, mais bien évidemment, elles joueront de la musique. Antonio leur a donné la permission d'interpréter quelques airs de son *Ostro picta, armata spina* pour soprano et instruments qu'Ilaria recopie au fur et à mesure. Prudenza s'est mise au travail avec sa mère pour ne pas ânonner. Plusieurs personnes de la famille viendront les écouter. La musique, comme toujours, est la raison de cette escapade, la traversée jusqu'à l'île de la Giudecca en est l'apogée.

La mère a cédé pour une petite traversée, mais pas trop loin.

Vous longerez la Giudecca, c'est déjà bien. Et puis, toutes les îles se ressemblent, ma chérie !

C'est faux, maman, tu le sais !

Prudenza ne peut pas gagner sur tout.

Et voici Ilaria qui les attend sur le seuil de la Pietà. Bianca lui a dit, tu as beaucoup de chance, *tesoro* ! Remplis-toi les yeux pour moi.

Ilaria a recouvert ses épaules d'une cape légère, rehaussée d'une capuche qui la protège du soleil. Son cœur bat fort ; elle part découvrir le monde.

La gondole s'approche avec à son bord un gondolier, Prudenza et sa mère. Paolo a désespérément tenté d'y monter, il a insisté jusqu'à la dernière minute, mais s'est vu objecter un non catégorique.

Non. Nous y allons entre femmes et notre compagnie t'ennuierait, je te connais...

Comment m'ennuyer? Je pourrais vous instruire en vous racontant tout ce que je sais sur la Giudecca!

Allez, file! Je t'ai assez entendu!

Et il avait filé, l'estomac noué sous le ruban. Elle sera là demain, avait-il dit à Diane avant de se coucher. Demain, je la vois. Il était quitte pour une balade perdue, mais une fois qu'elle serait au palais, il la suivrait comme son ombre.

Et puis, une idée avait germé. Il faudrait en parler à Prudenza et la convaincre qu'elle l'a eue elle-même. Il connaît les trésors d'ingéniosité et de détermination que sa sœur déploie quand elle veut quelque chose. Il aimerait inviter Ilaria quelques jours pendant l'été dans leur résidence de la *terra ferma*, chez son frère. Certaines familles patriciennes parviennent à accueillir des *maestre* pour des séries de concerts. Pourquoi pas eux?

La gondole apparaît. Ilaria fait un grand geste de la main, son étui à violon dans l'autre. La Prieure a accepté qu'elle ne soit pas chaperonnée. Elle monte dans l'embarcation, salue la mère, s'assoit près de

Prudenza. L'atmosphère est étouffante en cette fin de matinée. Sur le canal de San Marco, comme la fois précédente, elle est éblouie par l'activité et l'agitation des bateaux. Le foisonnement au sortir de l'austérité de l'institution. Les couleurs.

Soudain, tout près, un guitariste qui chante à tue-tête, s'écrie en les voyant : Une sérénade pour vous, mesdames ! Les deux jeunes filles l'applaudissent, alors que la mère dit au gondolier d'accélérer la cadence.

Bientôt, les yeux d'Ilaria sont absorbés par la basilique San Giorgio Maggiore, son haut campanile, sa façade de marbre qu'elle n'a jamais vue si proche, les deux triangles l'un sur l'autre, les quatre colonnes, les sculptures à chaque angle. Tout l'édifice semble flotter, si léger dans le ciel.

Est-ce que je peux me lever ?

Oui, si tu te tiens aux épaules de Prudenza !

Les deux pieds bien à plat sur le fond en bois de l'embarcation, le monde maintenant se déplace au gré des coups de rame, jusqu'à la pointe de l'île de la Giudecca. Le vent sur son visage, clignant des yeux éblouis par le soleil, Ilaria dévore ce qui s'offre à elle.

Quel est le nom de l'église, là-bas ?

C'est l'église del Redentore, construite à la fin de la grande épidémie de peste, il y a un peu plus de cent ans.

Ilaria écarquille les yeux, observe tout, les maisons, les quais, la vie de ces gens si libres, elle voudrait elle aussi courir sur les dalles de pierre, le visage au vent comme maintenant, et puis jeter son violon dans le canal. Elle se fiche de la musique. Soudain, elle sent que le violon la libère et l'enferme à la fois.

Tous les rêves sont possibles, ici, devant ses yeux. De nouveau, elle est prise par un désir profond d'avenir, loin de cette terre. Au gré d'une migration mystérieuse, qui la mènerait Dieu sait où. Elle verrait d'autres territoires, d'autres couleurs de peau, d'autres musiques. Et pourquoi ne pas aimer, se dit-elle, pourquoi ne pas aimer à l'autre bout du monde ?

Je partirai à l'autre bout du monde et je reviendrai couvert de gloire, pense Paolo en l'attendant. Et alors, je t'épouserai, Ilaria.

Nerveux, il s'entraîne, lit des ouvrages de géographie, écoute son précepteur, avec une concentration hasardeuse, tant ses émotions l'accaparent, imprévisibles. Dans des éclairs de lucidité, il se demande ce qu'il fuit.

Il a le projet secret de partir à Tinos, en mer Égée, un des derniers bastions vénitiens de la région. Là, sur cette île balayée par les vents, il s'imagine en conquérant, reprenant aux Ottomans les terres qui appartenaient à la Sérénissime. Il rêve de navires, de mythologie, d'Éole et de Poséidon. Il se voit en Ulysse. Ilaria tissera notes et préludes en l'attendant.

Il pense à son arrière-grand-père, se dit qu'il veut, lui aussi, frotter sa réalité au mirage. Donner une valeur à sa vie ne passe que par un départ suivi d'un retour glorieux. Alors seulement, il pourra vivre ici, dans ce palais, et y trouver sa place. Alors seulement, son père, au paradis des Leoni, le regardera avec fierté.

Aujourd'hui, quand elles reviendront de la balade en gondole, il leur fera une démonstration de sa dextérité à l'épée. Il offrira à Ilaria les mille étincelles de sa lame. Elle verra ainsi son courage et sa ferveur conjugués.

Son amour se mêle aux espoirs de batailles, il l'écartèle, creuse en lui de vastes espaces. À l'autre bout du monde, je ne serai plus cette carapace vide.

Mais les voilà. Il entend, depuis la bibliothèque, crier les lourds gonds de la porte donnant sur le canal, il devine l'agitation des domestiques. Il va prendre son temps, ne pas apparaître aussitôt. Il ajuste sa veste, et sous sa chemise légère, caresse du bout du doigt le ruban. Ce lien, l'encerclement de son corps, son maintien.

La table est dressée au frais dans la grande entrée. Une longue nappe blanche et brodée, fleurie de bouquets odorants, carafes de vin, fritures de poissons. L'heure est à la joie des retrouvailles. Les yeux remplis de lagune, Ilaria mange avec une sensation de légèreté nouvelle.

Paolo est incapable de rien avaler. Il la regarde, ne cesse de se lever.

Mais reste à table ! lui ordonne sa mère. C'est ta démonstration de tout à l'heure qui te rend nerveux ?

Ne dis rien, c'est une surprise pour Ilaria !

Elle le regarde, lui sourit. Elle a si rarement des surprises.

Paolo, désarçonné, perçoit toute sa beauté, mais aussi qu'elle ne l'aime pas, du moins pas encore. Sa joie est trop candide pour être l'expression d'un sentiment amoureux.

À la fin du repas, entre biscuits, compotes, pâtes de fruits et vin doux, Prudenza apporte une petite boîte marquetée. Quand elle la tend à Ilaria, sa mère ajoute, c'est pour tes quinze ans. Un souvenir de nous et de ce jour pour toujours.

Dans la petite boîte, un médaillon en or attaché à une chaîne, en son centre un soleil qui darde ses rayons en forme de flammes et au dos, Ilaria gravé et entouré de deux étoiles.

Prudenza dit fièrement, c'est moi qui l'ai dessiné. Les deux étoiles, c'est toi et moi. Et puis avec ton nom de famille, ce Tagianotte qui coupe la nuit, le soleil, c'est ce qui te ressemble le plus.

Les larmes montent aux yeux d'Ilaria. Elle n'a jamais rien eu d'aussi précieux. Prudenza lui accroche la médaille autour du cou. Ilaria la caresse, entre son pouce et son index, avant de la glisser sur sa peau sous l'encolure de son uniforme.

Paolo s'est levé d'un bond, mais je n'étais pas au courant !

Sa mère et sa sœur le regardent, ahuries. Son geste est incongru. Il se rassoit en bredouillant, c'est que moi aussi, j'aurais pu…

Sa mère cherche à le sauver de son embarras. Et si nous allions à présent dans la cour, tu pourrais nous montrer tes passes d'armes !

On mange une dernière pâte de fruits et on suit le jeune homme. Là, posés sur un banc, une épée et un mousquet ayant appartenu à son père, ainsi qu'un fusil à silex. Ilaria s'intéresse aux différents mécanismes de déclenchement à mèche, les aspects techniques, la précision des tirs. La mort au bout de l'arme à feu. Mais l'épée est plus noble.

Et Paolo, dans la torpeur de ce milieu d'après-midi, se bat contre un invisible ennemi. Il explique les passes, les exécute lentement, montre la position des jambes, leur importance, pour tenir solidement, ne jamais céder, toujours avancer.

Au violon c'est pareil, lui dit Ilaria, il faut avoir les jambes solides, bien s'ancrer.

Paolo, tétanisé, la regarde avant d'acquiescer. Oui sûrement, on fait la même chose toi et moi. À chacun son arme.

Oui ! Ilaria l'applaudit.

De plus belle, il bondit, fait de grands mouvements d'épée.

Paolo est trempé de sueur. Il se fait tard et les invités au concert vont bientôt arriver. Il abandonne les femmes dans la cour pour gravir les escaliers qui mènent à sa chambre et se changer. Il enlève veste et chemise, quand Prudenza passe la tête par la porte, pourrais-tu nous montrer le fameux livre de Galilée ? lui dit-elle tout en se demandant quel est ce tissu rouge qui ceinture l'abdomen de son frère.

Vite, il enfile une nouvelle chemise. Je t'ai déjà dit de frapper avant d'entrer !

Dis, tu n'avais pas perdu ton ruban rouge? demande le lendemain Prudenza lorsqu'elle retourne à la Pietà.

Si, il y a longtemps, lors de la prise de voile de Giulietta, je crois. Pourquoi?

Prudenza, soudain indécise, ne sait pas si elle doit la loyauté à son frère ou la vérité à son amie la plus chère. Elle brûle de lui dire ce qu'elle a compris.

Juste comme ça…

Et, changeant de sujet, j'ai eu foule de compliments à propos de notre concert d'hier! Il faudra remercier le *maestro* pour ses airs.

De retour au palais, Prudenza va directement voir Paolo qui, comme à son habitude, depuis le bureau de la bibliothèque, regarde la façade du palais d'en face.

Tu n'as toujours pas frappé!

Justement, répond-elle, en se tenant debout entre lui et la fenêtre. Il la perçoit en contre-jour.

Tu es amoureux d'elle, c'est ça?

Pardon, de qui parles-tu?

Du ruban.

Il ricane, non je ne suis pas amoureux d'un ruban.

Arrête de ricaner, je l'ai vu hier quand tu as enlevé ta veste. C'est celui d'Ilaria, celui qu'elle a perdu.

Tais-toi!

Elle ne dit plus rien, le regarde. Il est accablé. Ils restent figés de longs instants. Et puis, fixant la table, il lui parle.

C'est quand vous êtes tombées dans l'eau, je crois que je suis tombé avec vous, avec elle. Comme ça, j'ai plongé. Le soir même, je l'aimais. Mais je préfère qu'elle ne le sache pas. De toute manière, je vois bien qu'elle ne m'aime pas. Pas un regard, rien. Elle est complètement innocente ou bien je suis complètement transparent.

Il soupire, et soudain s'emballe.

Je me fous qu'elle le sache ou que ce soit réciproque. Moi, cet amour, je le porte partout avec moi, il m'accompagne. Et je veux partir loin avec. Je ne veux pas qu'elle puisse me dire de ne pas m'en aller. Tu comprends? Je n'en ai parlé à personne, comme de mon départ vers Tinos.

Tinos ?

En mer Égée.

Prudenza situe vaguement l'île.

Mais pourquoi ? Pourquoi là-bas ?

Je veux partir pour revenir. Je ne peux pas te le dire autrement. Il faut que je parte pour connaître le monde, pour le comprendre.

Tu devrais plutôt vivre pour toi ici ! Et si tu mourais ?

Non, je reviendrai et je l'épouserai !

De nouveau, elle le voit s'affaisser sur sa chaise. Et se rappelle quand enfants, ils jouaient, couraient dans les escaliers du palais, se cachaient, volaient tout ce qu'ils pouvaient dans la cuisine. Maintenant, il souffre sur sa chaise, écrasé par une vie qu'il n'ose pas vivre. Absent à Venise, l'esprit en Atlantide.

Il poursuit faiblement, n'en parle à personne, s'il te plaît. Personne. Ce sera notre secret, le nôtre. Juste le nôtre.

Laisse-moi maintenant.

Chapeau baissé sur le visage, Paolo frappe à la porte de l'élégant bordel. Dans l'entrée, il dépose cape et chapeau. Il est pressé, comme tous ceux qui franchissent ce seuil. Il salue rapidement la matrone et demande si Chiara est là.

Oui, elle est toujours là pour vous. Sourire mielleux.

On l'accompagne dans le dédale des couloirs sombres ; quelle que soit l'heure, ici c'est toujours la nuit. Taffetas, miroirs, chandelles. On se perd dans le lieu et dans le temps. Tangences des espaces et des désirs. On frappe à la porte, on s'incline.

Chiara l'accueille à demi vêtue. Lit défait sous l'alcôve. Elle sourit. Elle est douce, il le sait. La porte se referme. Il lui demande de se déshabiller entièrement. Bientôt, elle est nue. Il enlève sa veste et sa chemise. Elle voit le ruban rouge apparaître, il le défait, il lui dit, viens. Je vais t'attacher, ça ne te fera pas mal, mais je vais t'attacher. Retourne-toi.

Il noue ses poignets, puis caresse son dos doucement. Je veux voir le rouge sur ta peau. Ne t'inquiète pas.

Elle ne s'inquiète pas, elle en a vu d'autres. Elle lui demande seulement de ne pas nouer le ruban autour de sa gorge. Il promet. Elle est debout, il s'agenouille derrière elle, pour contempler ses deux paumes offertes. Le rouge scie la peau des poignets, isolant les deux mains du reste du corps, comme abandonnées.

Il lèche chacun des doigts. Allonge-toi sur le lit. Il précise, sur le dos.

Il la suit. Délicatement, il replie les jambes de la jeune femme. Avec les deux pans de ruban qui restent, il attache les chevilles aux poignets.

Tu es belle, Chiara. Tu es la seule à savoir.

Elle ne répond pas, sourit, attend de voir. Elle se détend, les jambes, les hanches, s'enfoncent dans le lit. Il regarde sa beauté fragile, délicate, sa beauté exhibée. Le rouge sur ta peau.

Il embrasse l'intérieur de ses cuisses. Ta peau si douce à cet endroit. Puis, il pose sa tête sur le ventre de la jeune femme. Il sent contre son cou, les poils de son pubis, il entend son cœur battre à l'intérieur du ventre. Pulsation régulière, sans frayeur.

De ses deux mains, il caresse le ruban qui enserre chevilles et poignets. Et soudain, il se met à pleurer, lentement pleurer, en lui disant, de la tendresse, c'est tout ce que je te demande.

Ilaria n'est pas la plus douée de ses élèves, mais Antonio a très vite vu qu'elle avait une aisance peu commune pour l'improvisation. Elle invente, contourne, orne, diminue avec grâce, sa manière n'est jamais ostentatoire, démonstrative. Quand elle joue, la musique qu'il compose est un miroir qui éveille une couleur inattendue, un recoin de paysage inaperçu jusque-là. Il y a eu Maria, aujourd'hui il y a Ilaria.

Antonio est un maître exigeant quand il s'agit de pulsation, rythme, justesse, écoute, de toutes les voix ensemble, mais il sait aussi laisser libre. Laisse ton âme tourner et retourner les notes, laisse-la s'en imprégner. Offre-nous à l'entendre !

L'âme d'Ilaria est incandescente.

Il connaît sa réserve habituelle, comme elle a le don d'observer, de se mettre en retrait, de contempler le monde, et comme parfois, avec son violon, elle s'embrase tout entière, rose aux joues, yeux clos, respiration plus profonde. Quand il la voit ainsi, il se dit qu'il n'y a pas d'instant plus vivant, qu'elle se trouve dans un interstice du temps si puissant, qu'elle est à l'essence même de son être.

Bienheureux celui qui sera aimé d'elle, pense Antonio en la regardant jouer.

Quand il la rejoint, ce jour-là, dans la salle où elle copie sa musique, Antonio apporte un concerto pour violon qu'il espère publier, un nouvel opus, *La stravaganza*. La partition qu'il a en main est pour un violon soliste et orchestre à cordes. Il vient tout juste de commencer la composition d'un opéra. Il est débordé, assailli par les notes, les obligations, tout ce qui grouille dans sa tête, il répète sans discontinuer, *Dio cane, Dio cane…*

En entrant, il trouve Ilaria assise de dos, ses tresses en couronne, le visage penché vers le papier à musique, l'encrier à sa droite, nuque tendue vers l'avant. Cette nuque soudain l'émeut ; il y perçoit toute la fragilité de la jeune fille, sa délicatesse, et en même temps cette concentration appliquée qui la tend et la renforce. Il voit dans la vertèbre saillante à la base de la nuque toute l'allégorie de la musique. La peau fine, la résistance de l'os et dedans une pulsation protégée par ces épaisseurs, trésor caché sous les carapaces.

Il la contemple encore un instant et lui dit, soudain tendre, Ilaria, j'ai besoin de ton aide. Tu verras, là, j'ai ébauché un concerto. Je te laisse écrire la partie de violon, notamment celle du second mouvement, *grave sempre piano*, tu vas faire ça très bien, je le sais.

Elle le regarde interdite, il ne lui a jamais laissé une telle liberté. Par politesse, elle se lève.

Très bien, *maestro*.

Rassieds-toi.

Il traîne une chaise et s'installe près d'elle, abattu.

Toute cette musique, tu vois, je ne sais plus quoi en faire. Ça se bouscule. L'opéra, c'est nouveau pour moi avec le chant, la scène, les instruments, l'intrigue... Ça tourne dans ma tête sans arrêt. En boucle. *Dio cane.*

Il se lève, maintenant nerveux, arpente la pièce.

Elle le regarde. Il a trente-cinq ans. Agité comme souvent, il passe la main dans ses cheveux roux. Elle le comprend, décèle en lui toutes les voix des instruments qui se heurtent, toutes les idées qui essaient de se frayer un chemin jusqu'à sa conscience, jusqu'à sa plume. Elle voit le débordement qu'il cherche à maîtriser par la marche.

Après toutes ces années d'apprentissage, à force de recopier ses partitions, elle le connaît parfaitement. Pourtant, jamais ils n'ont eu une telle conversation, jamais d'autres mots que ceux, techniques, de la musique. Notes, accords, coups d'archet, positions du corps. Jamais, jusqu'à aujourd'hui.

Il se ronge un ongle, se fige.

Tu me prends pour un fou ?

Non, *maestro.*

Il reprend sa marche.

L'opéra, c'est difficile. C'est au long cours, il faut garder le souffle jusqu'au bout. Des concertos, j'en ai écrit des dizaines, des oratorios aussi. Mais là, il faut tenir. Et puis, la voix humaine… Tu sais bien comme je vous dis toujours de l'imiter avec votre violon, pour que l'instrument disparaisse. Toute la sensibilité du monde est dans la voix. La peur, les outrages, les doutes, l'amour. Tout. Tu te souviens du *Stabat Mater* ?

Impossible de l'oublier…

C'est là que je me suis dit qu'il était temps. Mais Venise est une foire d'empoigne. Tous veulent écrire un opéra… Et après Monteverdi, comment faire ?

Immobile de nouveau, il marmonne : créer, douter, *Dio cane*…

Ilaria baisse la tête, il revient vers elle.

Tu regarderas ces partitions. Recopie chaque partie séparée, et compose tout ce qui est inachevé. Écris ce qui te vient. On verra ensuite ensemble. Tu me connais assez maintenant. Tu sais que l'autre jour, mon ami Pietro a pris ton écriture pour la mienne ? Il nous a confondus. Tu vois, tu deviens moi. Tu es ma main, Ilaria.

Et il se met à rire, un rire saccadé presque triste.

L'amour et le désir n'arrivent jamais seuls, mais toujours en cortège. Voici qu'Ilaria est au service de la Prieure pour le mois à venir.

Ce premier matin, elle a peur, y va à reculons.

On lui a expliqué que ce sont peu de contraintes, juste le matin, le soir, rarement en journée puisque la Prieure est épaulée dans son travail administratif par deux autres *maestre*.

Ce premier matin, Ilaria frappe faiblement à la porte. Trop faiblement pour qu'une réponse lui parvienne. Elle recommence avec plus de conviction.

Entrez ! La Prieure est cachée dans le noir de sa chambre. Elle a oublié ce changement de personne, c'est quand la présence se fige dans l'obscurité qu'elle comprend, et se relève un peu.

Qui es-tu ?

Ilaria.

Elle se rallonge d'un coup. Ah oui, c'est vrai…

Alors, tous les matins, tu poses le plateau sur la table, tu ouvres les persiennes et tu ressors. Le reste, je m'en occupe seule. Sans un mot. Je n'aime pas parler le matin. Le soir, à 21 heures, tu m'apportes mon infusion de camomille et d'anis. C'est simple, c'est tout.

D'accord.

Lentement, en regardant le sol, Ilaria s'exécute, avant de sortir sur la pointe des pieds. Le tout beaucoup trop lentement au goût de la Prieure. Cette présence nouvelle, ce matin-là, est une intrusion. Il va falloir s'y habituer et, à peine habituée, elle sera remplacée par une autre. Et puis, elle a parlé. Elle déteste ça.

Maintenant de mauvaise humeur, la Prieure se cache sous la couverture et respire. Il y a quelques instants encore, la journée s'annonçait belle, sans accroc. Elle est gâchée. Ilaria est lente. Ce mois va être pénible… Elle respire encore. Le *De profundis* bientôt, et le jour retournera à la normale.

Pendant toute la première semaine, la Prieure ne supporte pas la venue d'Ilaria, aussi furtive soit-elle. Sa façon de marcher, si lente, à petits pas. Cette manière qu'elle a de regarder le ciel quand elle ouvre les volets avec, au bout des lèvres, un commentaire qu'elle n'ose dire.

La deuxième semaine, alors qu'Ilaria vient d'ouvrir grand ses bras pour rabattre les persiennes à l'extérieur de la bâtisse et de lever le visage vers les quelques nuages amoncelés, la Prieure lui demande, dis-moi, Ilaria, que vois-tu ?

La jeune fille, sans se laisser intimider, lui répond, je ne vois pas, j'entends. Chaque matin, j'écoute la lagune au loin et j'imagine les îles.

Et les jours suivants, la Prieure l'interroge, dis-moi, Ilaria, qu'entends-tu ?

J'entends le vent sur la Giudecca, j'entends planer les mouettes. D'ici, on entend tout.

Le troisième jour de la deuxième semaine, la Prieure la regarde ouvrir les volets. Les jours précédents, elle était restée allongée, les yeux rivés sur le plafond.

Ce matin, qu'entends-tu ? dit-elle en observant la lumière s'aventurer, contourner les bras frêles, le torse ouvert sur la ville, la tresse qui tombe en divisant le dos. L'habit blanc, les sandales d'été. Elle la voit dans un halo, comme une apparition. La Prieure est émue. Dans son imaginaire peuplé de saints et de saintes, de messes, elle ne peut être que frappée par cette beauté. Lumière incarnée, amour incarné. *Salve Regina.*

Non, ne me dis pas ce que tu entends.

Et Ilaria, les yeux rivés aux tomettes, sort de la chambre.

Le quatrième jour. Silence encore. La chaleur entre en même temps que la lumière. La Prieure regarde le dos de la jeune fille. Elle la voit goûter l'instant, attendre un peu. Alors qu'elle s'apprête à refermer les battants de la fenêtre, Ilaria se retourne. Sauront-elles jamais pourquoi à cet instant précis leurs regards, brièvement, se croisent ?

Si la Prieure lui demandait ce qu'elle entend, elle répondrait, j'entends les ciseaux. Le bruit qui claque sur ma nuque et que j'avais oublié.

Le regard échangé ouvre dans la chair même de la Prieure un espace de lumière, évanescent et léger, inaccessible et étanche à toute théologie, à toute rigueur, une douceur inattendue qui la pénètre. Cet inattendu si rare, réprimé sa vie durant, elle l'a sacrifié à une certaine idée d'elle-même, de son pouvoir, de son autorité. Elle est prise au dépourvu, bienheureuse ce matin d'être ainsi alanguie à la vue d'une fenêtre ouverte et de la beauté renversante de cette jeune fille qu'elle a vue grandir.

Cette tresse, et puis la gracilité de ce corps. Elle a oublié que d'un geste furieux, des années auparavant, elle a coupé cette chevelure. Punition. L'oubli d'hier se heurte à la grâce d'aujourd'hui. La grâce d'un instant parfait, respiration soudain suspendue, les yeux d'Ilaria lui vont droit au cœur pour y rester, remplissant d'un coup des années de vide.

De profundis clamavi ad te

Des profondeurs je crie vers toi

Il lui a fallu une seconde pour comprendre que les profondeurs n'étaient pas faites de gravité, qu'elles pouvaient s'emplir de douceur, qu'il n'y avait pas de sentiment plus poignant, plus puissant que la lévitation qu'elle éprouve ce jour, ce matin-là.

Fenêtre ouverte, elle entend son cœur battre de nouveau. Pulsation ardente au sein de la Sérénissime.

Le deuxième essayage de la robe a lieu quelques jours plus tard. Francesca Tagianotte retrouve les trois filles qui l'attendent dans le grand réfectoire, sous l'œil bienveillant de Bianca, heureuse de revoir sa cousine. La venue d'une personne extérieure à l'institution est toujours une bouffée de joie.

La Prieure est là, elle aussi se réjouit de la présence de Francesca et de ce temps qui lui est offert avec Ilaria.

La plus jeune trépigne quand elle enfile la robe. Elle tourne sur elle-même, dit, c'est léger, je tourne, je tourne et je vais tomber. La voilà par terre qui éclate de rire.

Ilaria se précipite pour l'aider à se relever, pendant que la Prieure lui ordonne de se tenir correctement. On n'est pas là pour jouer et ne t'avise pas d'abîmer le travail de madame Tagianotte.

La bonne humeur s'en est allée d'un coup. On se rassoit sans un mot. La petite, les bras en croix, tête baissée, se perd dans la contemplation des tomettes. Francesca fait quelques commentaires. La Prieure acquiesce sobrement. Elle est maintenant irritée par la présence de ces femmes et plus encore par celle de Francesca. La jalousie survient d'un coup.

Absurde ! elles ne se voient jamais. Ilaria est chaque matin dans ma chambre, c'est moi qui la regarde grandir. Chacun sait que le quotidien est la force de l'amour.

La Prieure observe la mère et la fille avec attention. Elles se ressemblent, c'est indéniable. Même taille, même corps. Peau plus mate pour la fille. Cheveux blond cendré pour l'une et l'autre, plus de cendres dans la chevelure de la mère. Même bouche charnue, même visage ovale. Et les yeux. Identiques, sauf la couleur noisette presque jaune pour la fille, plus sombre pour la mère. Braises dans le regard de l'enfant.

L'embrassade était plus déliée que la première fois. Ilaria semble moins raide, elle répond avec plus d'effusion, le corps souple.

La voici maintenant qui ôte son habit pour l'essayage. La Prieure détourne le regard. Elle sourit à Bianca qui l'observe depuis un moment déjà.

Bianca voit tout, sait tout. Des plus jeunes aux plus âgées, elle a retenu chaque prénom. Elle est la première voix, la première gorge connue du nourrisson. Les adultes ne cachent pas mieux leurs émotions que les enfants et n'ont pas de secrets pour elle.

Elle a perçu le trouble de la Prieure. Les jours derniers, elle avait remarqué sa nervosité, son impatience, sans en deviner la cause. À présent, sous ses yeux, le visage qui se détourne. Elle comprend aussitôt que la raison de cet évitement n'est pas la pudeur, mais la frayeur. Oui, la frayeur, le souffle court, les yeux qui s'écarquillent un instant, puis dévient devant l'insoutenable spectacle du corps agile de cette jeune fille qui se déplace sans que rien, ni une arrière-pensée ni un désir inavoué, vienne troubler ses mouvements. Ilaria a une aisance qui ne se désenchante pas.

La robe passée, Ilaria bouge les bras, les lève, les étire, imite les gestes du violon, elle veut essayer aussi pour les violoncellistes, s'assoit, imaginant l'instrument calé entre ses jambes. L'amplitude de la robe doit être assez grande pour qu'elles n'aient pas à la relever pour jouer. Il ne faut pas que ce soit trop glissant non plus. Vérifie encore les bras. Pour les contrebassistes, c'est plus simple, elles restent debout, leurs gestes sont moins larges.

Elle sourit, cet habit est parfait ! Vraiment, pour nous toutes !

Elle est attentive au moindre détail. Demain a lieu la première répétition avec orchestre du concerto dont Antonio lui a laissé imaginer la ligne du violon soliste. Sa ligne à elle ; demain, avec son corps, ses bras, ses paumes, son cœur. Tout ensemble, elle jouera.

Elle a écrit, défait, refait, et puis un matin, à bout de forces, à bout de peurs, elle s'est dit qu'elle n'avait pas d'autre choix que d'être à cet endroit-là. Un lieu secret, caché entre les notes, conquis au prix de cette peur. Si je continue d'être paralysée, je n'y arriverai jamais.

Alors, dans l'austérité du deuxième mouvement, dans ce *grave* qui scande les temps comme une inexorable pulsation, elle a commencé de défier chaque note, les a tordues, malaxées, elle en a fait une matière de glaise et, avec minutie, les a liées, agglomérées les unes aux autres, pour qu'assemblées, elles deviennent le cœur ardent de la matière, la sienne, qu'elle tisse, se jouant du tempo, abattant les échafaudages techniques, déconstruisant les accords.

Ilaria migre. Elle compose.

Croire qu'elle puise son inspiration dans ce qu'elle a appris est une erreur. Non, elle a volé chaque note lors de ses échappées. Elle s'est emparée de la tonalité du vent sur son visage en allant à la Giudecca, de l'eau sur ses jambes quand elle a plongé dans le canal, de l'aube plombée du mois d'août, du chant de la mouette qui déchire le ciel, de la flamme qui la brûle tout entière, quand la pensée de partir au loin s'empare d'elle. Elle devient alors ce paysage imaginaire, celui ourdi à plat sur la table, plume à la main, tableau extravagant, fresque de couleurs vives, ciel radieux, épais, qui s'accroche aux toits, aux campaniles, lapis mystérieux, une couleur en héritage, cachée dans un ourlet de robe. Un certain bleu.

Le lendemain, elle lève son archet sous l'œil attentif du *maestro*, qui cligne sous le joug du bleu, bleu dans la robe, bleu dans le corps. Ilaria, dans ce voyage intérieur allant d'elle-même vers les autres, éphémère et volatile, embarque tous les archets des musiciennes avec le sien, sans l'ombre d'un doute, en pleine clarté.

Comme les jours passent, et comme les nuits semblent immobiles, songe la Prieure.

Le dernier matin où Ilaria sera à son service. Couchée dans le noir de sa chambre, dans la chaleur de l'été, recouverte d'un drap léger sur sa chemise de nuit, elle pose ses mains entre les deux tissus. L'une sur son ventre et l'autre sur sa cage thoracique. Les mains en coupole, elle cherche à calmer sa respiration, à ne penser qu'à ces deux points, à y trouver une sérénité, mais aussi une façon de reprendre les rênes de ce corps tremblant de désir. Le sien ? Vraiment le sien ? Elle ne le reconnaît plus.

Jamais, elle ne dira quoi que ce soit à Ilaria. Elle ne tentera rien, n'abusera ni de son autorité ni de la candeur de la jeune fille. On entend trop d'histoires à Venise, comme si les êtres devaient forcément céder à leurs pulsions. Non, elle sait, main sur le cœur, main sur le ventre, que le désir peut être maîtrisé, contenu dans cette enveloppe faite de peau et d'os.

La sienne fragile, cette nuit-là, pleine à craquer, tendue. Elle respire. Le désir l'assaille par vagues, avec l'impression de s'y noyer. Cette impression dure depuis plusieurs semaines, et chaque matin, elle plonge plus profondément dans la houle.

Poumons remplis, cœur en chamade, elle se dit qu'elle va en mourir, de ce désir, et pourtant, elle sait qu'après ce jour, comme la crue du fleuve qui se retire lentement, laissant champs et routes imbibées, laissant traces, mais néanmoins se retirant, il se dérobera pour reprendre sa forme initiale, une tendresse chaleureuse. Et lorsqu'elle constatera la lente ou brusque disparition de son obsédant désir, elle en sera à la fois délivrée et inconsolable.

Que me restera-t-il si cette vibration profonde disparaît de mes jours ? Si cette existence tangible de mon corps s'éclipse ? Comment saurai-je, le matin avant d'aller à la messe, que je suis en vie ?

Vivante, serai-je encore vivante ?

Le jour, lorsqu'elle suit le rythme des tâches qu'elle doit accomplir, elle ne doute jamais d'être en vie. C'est au cœur de la nuit, abandonnée, croit-elle, par Dieu et les autres, dans la solitude de sa chambre, alors que derrière la cloison elle est entourée par des centaines de jeunes filles et de femmes qui dorment, qu'elle se sent sombrer.

Elle imagine souvent les filles dans leur petit lit à deux, la pouponnière aussi, les cris des nourrissons qui parfois arrivent jusqu'à ses oreilles. Elle imagine les rêves qui les traversent et les agitent. Assemblés, ils formeraient une extraordinaire fresque. Où partent-ils ? Qu'advient-il de leurs joies et de leurs misères ? Tous ces mondes intérieurs mis bout à bout, absurdes et fantasques, livrés à la ville, formeraient une large procession avant de plonger dans la lagune. La meute des fantômes embarqués, puis noyés.

Les six mois de carnaval, la liesse des masques et des soies, sont l'effigie de ces mondes oniriques trop vite disparus. À la moindre paupière ouverte, l'image se dissipe, laissant au mieux une sensation, avant de se perdre dans l'oubli pur et simple.

Main sur le cœur, main sur le ventre, elle voudrait rêver, mais son esprit ne s'apaise pas. Il profite de chaque bifurcation de pensée pour se déployer un peu plus, pour enchaîner les idées les unes aux autres sans interruption. Elle pourrait prier, égrener jusqu'à l'épuisement les *Pater noster*, mais non, elle est en éveil. Sentiments, imprégnations, annihilations, exfiltrations. Matière vivante que ces émotions, par strates, ressenties parfois, souvent évanescentes, d'une épaisseur à vous étouffer, qui vous retournent comme un gant, jusqu'à exposer aux yeux des autres leur mille-feuille à vif. Rouge brillant. Rouge cardinal, se dit-elle.

Et puis, lentement, elle se met à flotter. Le rouge dans le noir se dilue, imperceptiblement Morphée, dans un geste gracieux, s'insinue d'une main à l'autre. Naviguant, elle s'est posée sur le plexus solaire avant d'envahir, de se propager, et d'immobiliser tous les membres. Le sommeil, doux refuge, la saisit enfin au cours de la nuit.

Alors qu'elle pensait ne pas pouvoir fermer l'œil, c'est l'angélus qui la réveille, aussitôt suivi par Ilaria qui frappe à la porte. Geste qui s'est affirmé au fil des jours.

Le dernier matin.

Le basculement du temps qui manque, alors qu'on le croyait extensible à l'envi, se fait soudain couperet. Et le geste, que l'on croyait impossible, advient.

Le corps se lève, après avoir dit d'une voix neutre : entre !, se fige près du lit et regarde, ce dernier matin, la jeune fille ouvrir la fenêtre sur la ville. Cris des martinets, lumières en faisceaux qui pourfendent l'obscurité. Et comme chaque jour précédent, la gracilité du cou, l'élégance de la nuque tendue vers l'extérieur. La Prieure en dissèque chaque instant, afin d'en collectionner les miettes sacrées pour le reste des jours à venir.

La nuque, la tresse, la suspension pour observer le ciel, température et humidité ressenties, puis vitres refermées.

Quand Ilaria se retourne, la Prieure est près d'elle.

N'aie pas peur. N'aie pas peur, prends-moi seulement dans tes bras.

Alors, sans la moindre hésitation, dans une douceur qui abat toute résistance, Ilaria ouvre ses bras, et contre son cœur, avec une intensité qu'elle découvre, accueille cette femme, soudain si tendre, ce corps qui s'abandonne à l'étreinte inattendue dans la lumière du dernier matin.

De capes en épées, de cartographies en fantasmes, d'espoirs en fusion, de cavalcades débridées, de ruban noué sous sa chemise de coton ou de soie, sous sa veste richement ornée, Paolo caresse cet amour secret qui l'anime.

Anima mia.

Son étendard, son ruban au cœur lui suffiront amplement quand il sera là-bas, face aux dangers et à l'ennemi en joug. Toi ou moi ?

Moi avec toi, invoquant la fatalité d'un amour qu'il vit avec lui-même.

Et avec Diane, quand il passe devant elle, talonnée par ses chiens.

Me suivras-tu ? persiste-t-elle à lui demander.

Horde en suspens. Son cœur aux abois.

La nuit entière, les chiens, sur leurs appuis instables, attendront l'aube pour que l'amour du jeune homme se soumette à l'imparfaite loi des mots. Contours malhabiles d'un sentiment qui se transforme sans cesse, qui épouse les failles et les hostilités de son corps.

Au seuil de cette nouvelle aube, murmure-t-il.

Il titube jusqu'à son bureau, allume fébrilement la lampe, plume trempée, papier aplati par ses paumes. Frêle pantin articulé par le rêve, Paolo écrit.

Ilaria,

Ce prénom qui n'était rien avant de te connaître, aujourd'hui, j'en détache chaque lettre.

Ma bouche te contourne, je te prononce, alors que je ne sais rien de l'amour et que tu m'ignores, là-bas, derrière les murs de la Pietà.

Je t'ai vue en corolles, flottante. Étoile sur le canal.

Je t'ai entendue rire en sortant de l'eau, avec ta tunique trempée sur ton corps. Ce corps inconnu, quelques heures auparavant.

J'entends encore ton rire.

On te couvre d'un drap, et tu cours vers la cuisine.

Je te suis, idiot.

Je te vois jouer du violon. Je vois ta grâce, tes membres qui s'articulent, tes bras en rythme, les sons qui irradient de l'instrument.

Je vois, j'entends, et je me demande par quel miracle ton corps fonctionne.

L'archet, les doigts, ton torse, la table d'harmonie.

Ton agilité à fouler le temps et mes rêves, à les traverser. Tu envahis mes nuits et mes jours. Plus tu m'ignores, plus tu me laisses le loisir de te contempler. Tu es tout entière derrière mes yeux.

Ta présence, mon âme, avec ton ruban qui m'encercle à chaque instant.

Je pourrais te dire que je t'attends, mais je ne t'attends pas.

Quand je me bats, tu es le fil de ma lame. Quand je rêve de Tinos, tu es cette île.

Grâce à toi, je suis libre de partir.

Ilariamore.

Paolo

Je vais me marier !

Ah bon ! Mais pourquoi ?

Les deux jeunes filles se fixent.

Mais pourquoi ? !

Tu n'as pas plutôt envie de savoir avec qui ?

Mais pourquoi ? répète Ilaria.

Parce que je n'ai pas envie de rester là. Regarde-toi ! Vous vivez comme des religieuses sans avoir prononcé de vœux. Tu n'en as pas marre ? Dormir avec une fille que tu n'as pas choisie ? Les concerts où tout le monde s'extasie et ensuite, on t'enferme ? À qui profite tout ça ? Pas à toi, en tout cas ! Moi, j'en ai assez…

Ilaria en a le souffle coupé. Elle se sent abandonnée. Il n'y a pas d'autre mot. Le creux au ventre, la même balafre lorsque sa mère lui avait annoncé les mariages de ses sœurs. Balafre et joie mêlées, maintenant elle ne les verra plus. Le sentiment d'abandon la submerge.

À l'annonce de Prudenza, elle a écarquillé les yeux. Coup de poignard sans égard pour leur amitié, pour la confiance aveuglément donnée ; et une solitude inexorable qui se profile pour elle. Prudenza poursuit :

Je me rends bien compte qu'il y a plein d'autres filles qui chantent bien mieux que moi, ici. Je ne sors pas du lot, ce n'est jamais moi qu'on remarque, je ne suis pas comme toi. Ce qui me plaît, quand je viens ici, c'est de te voir. Pour moi la musique, c'est les autres. Alors que toi, on a l'impression que c'est une question de vie ou de mort quand tu joues !

Elle éclate de rire. Ilaria, toujours interloquée, la regarde en silence.

Bon, tu ne veux toujours pas savoir avec qui ? Je vais te le dire. C'est mon cousin, Stefano. Le fils d'un de mes oncles, du côté de mon père.

Je m'en fiche ! hurle Ilaria soudain furieuse. Qu'est-ce qu'il te prend ? Ici, justement, grâce à la musique, on fait ce qu'on veut. Mais toi, avec ta famille bien riche, ça ne te suffit pas ! Il faut qu'on te donne en plus du « madame », c'est ça ? Vraiment, tu me dégoûtes ! Tu viens, tu picores trois miettes de musique, et tu files chez toi ! C'est tellement simple, un claquement de doigts. Et ce Stefano qui débarque alors que tu ne m'en as jamais parlé. Tu vas picorer aussi ? Quand tu seras bien coincée avec lui, tu verras, bien enfermée dans ton mariage, ne viens pas pleurnicher !

La conversation a lieu au milieu de la cour. Prudenza est appuyée contre le puits, elle regarde Ilaria lui tourner les talons.

Attends ! Mais qu'est-ce qui te fâche comme ça ?

Ilaria entre dans la pièce de Bianca d'un geste brusque. Elle la trouve qui coud à la fenêtre.

Elle éclate en sanglots. Elle va se marier !

Qui ça ?

Prudenza !

Formidable !

Ah, non ! Pas toi aussi !

Prudenza vient de frapper, elle fait un pas, s'assoit sur le lit de Bianca, abattue. Ilaria la regarde, furieuse, à travers ses larmes.

Moi aussi, j'ai envie de partir. Partir, loin, souvent. Derrière les ponts, les églises, les îles, le ciel, les terres lointaines. Voyager, s'exiler, oui pourquoi pas ! Mais aller m'emprisonner derrière d'autres murs ? Ce n'est pas ta mère qui dit toujours qu'être célibataire, c'est l'unique moyen d'être libre ?

Non, ma mère dit que le seul moyen pour une femme d'être libre, c'est d'être veuve !

Alors, marie-toi et tue-le !

Elles éclatent toutes les trois de rire. La colère s'en va, et la jalousie se dissout pour un temps. Ilaria finit par lui demander de raconter.

C'est ma mère qui a tout arrangé, celle qui ne jure que par le veuvage. Il faut bien se marier pour être veuve !

Bianca les regarde. Elles ont tellement grandi. Ilaria, elle se souvient de l'avoir eue dans ses bras, le jour de sa naissance. Giacomo était venu frapper, elle revoit chaque détail, la tache de vin sur la cuisse de Francesca, qu'elle aime tant. Ici, cette enfant est devenue la sienne. Chaque semaine, dans la plus grande discrétion, elle donne à Francesca des nouvelles de sa fille. Ces lettres, leur secret.

À cette enfant qui a grandi si vite et aujourd'hui s'indigne, elle demande :

Et toi, Ilaria ? Qu'est-ce que tu vas faire ?

Comment ça, qu'est-ce je vais faire ?

Ta liberté, tu voudrais en faire quoi ?

La musique, les îles, c'est tout ce qui m'intéresse. Le reste n'a aucune importance. Se marier, faire des enfants… regarde où on est ? Tu vois toutes ces orphelines ? Tu ne trouves pas qu'il y en a assez ? Ça grouille de partout. Tu n'en as pas assez, toi, d'accueillir des bébés ? Toute ta vie, des bébés, des bébés, des bébés…

Peut-être, mais regarde ce que tu es devenue!

Elle hausse les épaules, elle ne sait pas ce qu'elle est devenue.

La liberté, qu'est-ce que c'est? Ici, on est enfermées, il y a des contraintes, des disputes, des jalousies. Mais tu vois, et elle fixe de nouveau Prudenza, ici, on n'a pas besoin d'un mari pour être libre.

Prudenza lui sourit.

C'est que toi, tu es une idéaliste, il te suffit de rêver à des villes que tu ne verras jamais. Ça te va d'écrire les partitions du *maestro* sans que personne ne le sache. Un jour, toi aussi, tu seras rattrapée par la réalité de l'amour…

Parce que tu l'aimes, ce cousin que tu as vu trois fois dans ta vie?

Ne parle pas de ce que tu ne sais pas, il y en a d'autres qui sont tombés amoureux pour beaucoup moins que ça…

Ça c'est l'histoire qu'on t'a racontée pour que tu restes docile… Ici, je n'ai de comptes à rendre à personne. Tu ferais mieux de continuer de t'instruire et alors tu pourrais choisir librement.

Prudenza vexée:

En tout cas, moi je connais quelqu'un qui est tombé amoureux de toi au premier regard, pas au deuxième ni au troisième…

Tu dis n'importe quoi!

Et parce que parfois seuls les secrets permettent d'avoir raison, Prudenza ajoute dans un souffle :

Paolo.

Pour les fiançailles de Prudenza, en cette fin d'été, c'est la liesse, la fête sur la *terra ferma*, les lumières, les victuailles s'accordent aux musiques joyeuses.

De ce jour qui présage du reste de sa vie, Prudenza retient l'allégresse. Même Ilaria, après l'incompréhension des premiers jours, s'est muée en tendre soutien.

Et les voilà tous réunis ; il y a la beauté du lieu, profusions de fleurs, d'arbres, de jardins fous, de lanternes, des musiciens partout. Pour une fois, Ilaria est venue sans son violon. La Prieure a accepté cette sortie exceptionnelle. La jeune fille se sent gauche dans ce monde si loin du sien, parmi les joyaux et les soies. Imperceptible déplacement des mondes, subtiles tectoniques des plaques, chevauchements, liberté de mouvements encore inconnue.

Ses jambes, d'abord, dansent. Quelques pas avec Prudenza, si richement vêtue, étoffe cramoisie, dentelles fines, perles au cou, carmin aux lèvres, et rubis, somptueux rubis au doigt, qu'elle regarde à tout moment, son rubis, sa pierre, son trésor, son amour cristallisé.

Mon cœur sur ton doigt, lui a dit Stefano à l'oreille. Ça lui a plu cette phrase, elle se la répète. Son cœur sur mon doigt.

Ils se sont promenés tous les deux, toujours chaperonnés, ils ont fait des tours de gondole comme on ferait des tours de manège, ils ont salué les uns et les autres. Chacun sait, se réjouit. Quelle belle union ! quel joli couple !

Une Leoni avec un Leoni. L'annonce d'un mariage ravit toujours. Ceux déçus par le leur y voient la possibilité d'une réparation, et les célibataires une énième promesse.

Tu es ma promise, lui a chuchoté Stefano.

Prudenza sent la gourmandise avec laquelle il le dit. Elle rougit sans savoir pourquoi, et parfois éclate de rire en pensant à Ilaria, elle pourra toujours le tuer, si elle se lasse. La vie est si simple : aimer, tuer, recommencer. Mais Prudenza porte bien son prénom.

Plus loin dans le jardin, son innocence engourdie par la danse, Ilaria, vêtue de sa simple robe de la Pietà, envie les étoffes, les ourlets qui glissent sur les marbres et parquets. Et soudain elle n'entend plus que cela, les petits talons qui frappent les dalles et dans la foulée, comme pour atténuer ce martèlement trop brusque, la caresse des ourlets qui efface la trace, fait place nette en soupirant. Satins et jacquards en doublure, susurrent à l'oreille d'Ilaria.

Elle boit d'un trait la liqueur qu'on vient de lui offrir, goût de fleur, de fruit, elle ne saurait dire. L'ivresse monte le long de ses jambes, l'assouplit. Elle tourne sur elle-même au rythme de la musique qui l'emporte.

Toute cette joie réchauffe son ventre, Ilaria ferme les yeux. Les invités rient dans la prairie, dansent à l'abri des frayeurs, des épidémies et des guerres, moment suspendu à la promesse d'une union heureuse, l'amour de Prudenza et de Stefano :

Ses bras légers bougent, légers sans violon, ils pourraient s'élever dans les airs si ses mains n'étaient pas saisies au même moment par Paolo.

Elle a pensé à lui, un peu. Regrettant d'avoir dévoilé le secret, Prudenza n'en a plus reparlé. Ilaria ne l'a pas crue. Comment pourrait-il l'aimer sans la connaître ?

Mais ce soir-là, c'est bien lui qui tient ses mains.

Il lui a proposé de danser. Elle a hoché la tête sans sourire.

Éprouver, juste éprouver, pense-t-il. Il la tient par la taille, elle a posé une main sur son avant-bras. Ils avancent au son des hautbois. Leurs corps se rapprochent légèrement. Combien avant eux ont ainsi dansé ? Combien après ?

Et pourtant, seuls, isolés des autres, aveugle sauf de toi, pieds battants le rythme, ils s'étirent, mouvements élastiques qui se calent et se décalent de la battue du tambourin. Leurs consciences en éveil.

Sous les siens, Paolo sent le bout des doigts d'Ilaria durci par les cordes du violon. Il n'oubliera jamais cette pulpe à peine plus dure qui enflamme son imaginaire.

Ilaria, elle, se laisse guider par cet amour. Comment pourrait-elle en douter, à présent qu'elle sent la délicatesse avec laquelle il la maintient, l'ardeur avec laquelle il la contemple ?

Malgré lui, tout son visage s'empourpre. Comprendras-tu un jour la ferveur que tu as a fait naître ?

Sur la prairie verte domptée par la nuit, robe obscurcie, paumes ouvertes, elle sent une euphorie monter. Au plaisir d'être aimée s'ajoute la douceur d'une vibration nouvelle, une rumeur, ce soir-là, accompagnée des hautbois. Elle connaît cette musique, d'où vient-elle ?

Une passacaille sur cette *terra ferma* étrangère aux eaux de la lagune, loin des îles, des murs de la Pietà, loin des navires qui préparent croisades et reconquêtes. Et leurs doigts se mêlent.

Viens.

Dans le labyrinthe de buis centenaires qui s'étend au pied de la maison, il lui prend la main et lui dit encore, viens, je veux te montrer quelque chose.

Elle rit, ravie que la pulsation de son cœur s'accélère et provoque un léger tremblement de tout son corps. Elle rit et lui, touchant de nouveau la pulpe durcie de son index, demande, c'est quoi ?

C'est de la corne, à force d'appuyer les cordes sur la touche.

Il s'arrête un instant, avant de porter le doigt à sa bouche et d'y déposer un fugace baiser.

Au loin, les hautbois.

Il fait de plus en plus sombre entre les buis. Le halo des torches qui entourent le bâtiment n'est presque plus perceptible. Elle trébuche.

Tu vas trop vite !

Il ralentit, porte à nouveau l'index à sa bouche. On est presque arrivés.

Craquement de brindilles sèches sous leurs pas. Elle sent l'humidité de cette terre rarement ensoleillée qui pénètre ses semelles de cuir, elle manque de glisser, il lui dit de s'accrocher à son bras. Il connaît si bien cet endroit, il pourrait le parcourir les yeux fermés.

Il aurait pu lui faire visiter la maison, ou bien un tour du petit étang où croassent les grenouilles, il aurait pu l'emmener dans les magnifiques cuisines où finissent de rôtir cochons de lait et canards. Il aurait pu tout cela, mais c'est le labyrinthe qui sied le mieux à son amour.

Il sent comme elle s'agrippe, quatre doigts et le pouce autour de la manche de sa veste pourpre. Il ne s'attendait pas à une poigne si ferme.

Il s'arrête net, on y est.

Elle est essoufflée, prend une grande inspiration. Les buis, à peine plus hauts qu'eux, les encerclent. À quelques pas, un petit banc de pierre qu'elle ne distingue pas.

Je vais te montrer maintenant.

Mais on ne voit rien !

Ça n'a pas d'importance, ferme les yeux si tu préfères, tu verras aussi bien avec tes doigts.

Elle rit nerveusement sans pour autant bouger. Elle est bien, près de lui, protégée par la masse noire des buis. Il enlève sa veste, la jette sur le banc, et sort de son pantalon sa chemise de fil léger.

Donne-moi ta main.

Elle la lui tend.

Regarde.

Avec ses doigts, elle regarde, et sent le ruban. Elle a un mouvement de recul, mais il lui maintient fermement le poignet.

C'est quoi ?

Devine !

Elle suit le lien autour de sa taille.

C'est un ruban.

Oui, mais lequel ? Allez, devine !

Mais comment le savoir ?

Elle commence de perdre patience. Quand tout à coup, le souvenir la percute.

Le mien ! celui que j'ai perdu ! Mais !

Et elle retire sa main d'un geste vif.

Tu te souviens, sur le parvis de l'église, après la prise de voile de Giulietta, quand tu parlais avec le *maestro* Vivaldi ? Ton ruban s'est défait sans que tu t'en aperçoives. Je l'ai ramassé. D'abord, je l'ai mis dans ma poche, ensuite dans un tiroir du bureau de ma chambre. Puis sous mon oreiller, et après je l'ai noué autour de mon ventre.

Ilaria ne s'offusque pas ; elle s'étonne seulement, trouve le geste beau.

Étreins-moi, comme le ruban.

Pour la première fois, ils se respirent, chevelures mêlées au cœur du labyrinthe. Ils s'enlacent de toutes leurs forces. Ni baiser ni caresse, mais la rencontre, cou à cou. Regarder le ciel ensemble.

Elle s'allonge sur le banc, lui s'assoit par terre, dos contre l'arête. Il lui parle de la lunette de Galilée, de sa folie immobile pour les voyages, de cette rage qui le pousse à porter haut les couleurs familiales injustement ternies. Il s'enflamme en parlant de Tinos, de ses entraînements, de comme il ira.

Et toi ?

Elle répond qu'en matière de flammes, elle s'y connaît. Parfois, elle brûle, quand elle joue du violon. Ça part de son cœur, jamais de son esprit, elle insiste : de son cœur et ça se propage jusqu'à ses mains, elle a l'impression que tout s'enflamme, la touche, le violon, les cordes qui s'entortillent sous la chaleur, alors elle s'enfuit où elle peut, elle plongerait volontiers dans la lagune. Pendant les concerts à la Pietà, si ça lui arrive, elle a appris à respirer pour se calmer. Mais parfois, c'est à peine supportable.

Je me souviens, je pense si souvent à votre plongeon dans le canal.

Dans la nuit noire, alors que la musique des hautbois s'est tue, ils contemplent le ciel et sa Voie lactée. Ce qui semblait invisible, il y a quelques instants, est maintenant perceptible à l'œil nu, planètes lointaines, murmure du monde qui parvient jusqu'à eux, unisson de leurs imaginaires dans cette nuit nouvelle.

Et Ilaria, allongée sur le banc de pierre, caresse la chevelure de ce jeune homme dont l'amour, dans toute sa douceur et son audace, révèle soudain le sien.

Les jours suivants, transportée par l'amour, elle court d'un endroit à l'autre de la Pietà. Soulevée par ce sentiment inconnu, elle rit. Elle a déjà éprouvé une émotion proche pendant des concerts, l'espace d'un instant ; or cette joie nouvelle ne lui laisse aucun répit.

Elle s'interroge, parviendra-t-elle à respirer comme avant ? Il y a quelques semaines, elle faisait la leçon à Prudenza, l'amour n'est rien, tu y perds tout, la musique, et avec elle, la liberté.

Maintenant, Ilaria jette aux orties ses certitudes. Elle se rassure en se disant qu'elle parlait du mariage, que ce qu'elle éprouve n'a rien à voir. Elle aime Paolo sans aucune aspiration. Rien ne l'empêche de rester derrière les murs de la Pietà et de continuer de l'aimer. D'ailleurs, a-t-elle le désir de le revoir ? Non, elle se répète, non. Elle s'en convainc : ce qui compte, c'est ce que je ressens, et ce qui s'ouvre en moi. Elle repense à l'instant où elle avait joué le violon de Giulietta, la porte qui s'était ouverte dans son imaginaire, laissant apparaître une terre entière.

La nuit, quand elle se couche à côté d'Elisabetta, elle ne ferme pas l'œil. Cherchant le repos, Ilaria se demande comment son corps a pu vivre jusqu'ici dans une telle ignorance du désir.

Sait-elle seulement le nommer ?

La nuit s'étire, elle voudrait dormir, elle voudrait pousser Elisabetta hors du lit, être seule pour mieux penser à lui. Cette proximité l'agace.

Qui pourrait comprendre ?

Comme Paolo, elle est persuadée que parler de cet amour viendrait l'atténuer, que c'est dans le secret de cette intimité que vit leur lien, qu'il va croître, sans aucun doute, croître encore.

Obnubilée, elle écoute à peine ce que lui dit Antonio. Un mot sur deux, son esprit s'échappe pour voir et revoir les mains, les cheveux, le ruban. Son ruban, à elle, sur lui depuis des mois.

Ilaria ? Tu écoutes ce que je t'ai demandé ?

Pardon, *maestro*...

Qu'est-ce qu'il t'arrive, aujourd'hui ?

Antonio s'impatiente.

Alors ? tu es d'accord pour tout recopier ?

Elle répond oui sans avoir considéré la somme de travail. Sans avoir ouvert le conducteur des airs qu'il a écrits pour le pastiche *Nerone fatto Cesare* qui sera joué dans les prochains jours au théâtre Sant'Angelo. Antonio est nerveux, il vient d'en prendre la direction, il doit s'occuper de tout. *Dio cane*… Les chanteurs, les décors, les musiciens, les partitions, la publicité. Il est devenu *impresario*. Il veut que l'endroit soit incontournable, que chaque soir du carnaval, Venise s'y presse. Il y investit tout son argent ; il n'a plus le temps de jouer du violon.

À longueur de journée, il règle des problèmes administratifs. Insupportables. Si loin de San Marco et de son père, de cet idéal qu'il s'était forgé de la musique et du violon. Restent l'argent et l'ambition. Et l'opéra pour les voix, pour cette forme monde qui attire les Vénitiens avides de spectacles. Il veut leur en mettre plein la vue, passer outre les difficultés, rivalités, cupidités, vanités, paresses qui s'accumulent et font disparaître ce à quoi il a consacré sa vie : la musique.

Il compte sur Ilaria, sa petite main rapide, pour écrire, inventer, recopier, remplir les harmonies manquantes. Pour demain, lui dit-il.

Elle hoche la tête avant de voir la masse de brouillons, qu'il a posée devant ses yeux.

Mais c'est impossible, *maestro* ! Vous le savez bien, il me faudrait dix bras !

Débrouille-toi, demande à d'autres.

Elle se sent tout à coup humiliée. Alors que sa journée ne semblait jusqu'ici faite que de joie, les larmes lui montent aux yeux. L'exigence d'Antonio l'écrase.

Il le voit, la connaît. Il sait que ce qu'il exige est presque irréalisable. Pourtant, il n'a pas le choix, il est pris à la gorge ; il s'assoit sur la tendresse qu'il a pour elle. Antonio a envie de succès, de gloire et d'argent, d'être au centre de ce théâtre, d'en être l'instigateur. Il a besoin d'aide et c'est urgent. Il le lui dit. Elle proteste.

C'est toujours urgent !

Oui, mais tu es celle qui travaille le plus vite…

Soudain, une idée germe dans l'esprit de la jeune fille. Pourquoi ne pas en tirer profit, elle aussi ?

Très bien, ce sera fait à temps et je mettrai à contribution toutes les petites mains nécessaires. Mais à une seule condition, *maestro.*

Tout ce que tu voudras, Ilaria, tout ce que tu voudras !

Je voudrais venir à une représentation.

Il a un mouvement de surprise, il s'attendait à un bijou, un habit. Pas à ça. Il répond aussitôt, ravi, bien entendu !

Je vous laisse convaincre la Prieure, *maestro*.

Il accepte, il trouvera une manière.

Il sollicite la Prieure. Sans surprise, elle se braque aussitôt.

Quoi ? Encore une sortie ? Il n'en est pas question ! Si vous saviez, *maestro*, le nombre de demandes. Je me dois d'être équitable entre toutes. Franchement, l'opéra ! Vous n'y pensez pas !

Elle se lève, lui signifiant qu'elle a autre chose à faire.

Antonio est saisi par la dureté de cette femme, habituellement cordiale. Il sort sans un mot, la laissant dans un état d'exaspération profond.

Que se passe-t-il avec Ilaria ? J'ai su faire taire mon désir, parce qu'elle est ici, sous mes yeux. Plus exactement, vertueuse sous mes yeux. Sous contrôle. La Prieure sent que son amour éteint vibre à l'appel d'un autre.

Antonio revient à la charge.

Ça suffit votre pudibonderie, *Dio cane* !

Ne jurez pas, *maestro* !

Vous savez qu'Ilaria est une extraordinaire copiste ! Vous savez aussi que je suis professeur ici parce qu'il y a de telles élèves. Mais maintenant, avec Sant'Angelo, si je veux pouvoir rester à votre service, il faut que mes conditions de travail soient à la hauteur ! Accédez à ma demande et je vous promets de surveiller Ilaria, je la ramènerai moi-même à la Pietà.

Quand la promesse se fait menace.

Ce soir-là, à bord de la gondole des Leoni, Ilaria contemple la beauté éblouissante de la lagune. Mauve à cette heure du jour, quand la jeune fille passe du boyau sombre au joyau étincelant, et que le campanile de San Giorgio Maggiore, flèche ocre, crève le bleu empourpré du ciel.

De l'ombre à la lumière, les yeux d'Ilaria sont brûlés. Tout lui semble différent, l'ardeur qu'elle éprouve la rend sensible, à vif. C'est sa peau qui perçoit, sa chair.

Elle navigue sur une masse turquoise, mouvante et épaisse qui se fend d'un coup de ciseau invisible, quand la lumière nimbée d'orange s'éclabousse doré.

Le paysage entier se grave sur sa rétine ; la cité devient l'écrin de son amour. Là, immobile dans la gondole, figée dans la robe de soie que lui a prêtée Prudenza, elle se confond avec le ciel et la lagune, avec tous ceux qui les peuplent. Gondoles en tous sens, gondoliers qui s'invectivent, s'insultent, gesticulent, se répondent, se moquent. Aucun ne remarque le silence qui s'est emparé des couleurs de la lagune, qui imbibe le corps d'Ilaria, le trempe et le détrempe. Une lumière à la fois incandescente et diffuse, agglutinante et déclinante. Un monde entier en dehors et au-dedans d'elle, depuis l'amour.

Paolo, mon amour. Je garde le secret, et qu'il soit à l'image des couleurs qui m'entourent. Je ferme les yeux, et je te garde.

Lui l'attend dans la loge du Sant'Angelo. Il n'en peut plus, pourrait casser tous les fauteuils du théâtre, se pendre aux décors de l'arrière-scène. Il ne voit aucune lumière, seulement un manque, et la peur qu'un jour elle puisse l'abandonner. Ilaria.

Il tempête.

Masquées et habillées par le même tailleur, Prudenza et Ilaria sont parfaitement interchangeables. Dans le théâtre où l'on se bouscule, où l'on rit, où personne ne prête attention aux deux jeunes filles qui entrent.

Antonio, avec les musiciens, n'a pas le temps de penser à Ilaria. Les instrumentistes s'installent, une des cordes pour lever les décors vient de se casser, Anna Maria Fabbri qui est au maquillage ne se sent pas bien, elle n'est pas sûre de réussir à chanter le rôle-titre ce soir, exige un médecin. *Subito !*

Antonio est au moins aussi nerveux que Paolo. Il a l'impression que le théâtre va s'effondrer. *Dio cane.* Il a même oublié qu'Ilaria devait venir. Tout ce qu'il veut, c'est que la représentation ait lieu et qu'on en finisse avec les problèmes, les caprices, qu'on laisse place à la musique, enfin. Que le spectacle commence.

Violons accordés, clavecin prêt, basses et vents, sous la direction d'Antonio, tous attaquent le *dramma per musica.*

Au même instant, Ilaria entre seule dans la minuscule loge où l'attend Paolo. Deux jeunes gens masqués au milieu du public bariolé et bruyant. Rien ne les distinguerait, si Paolo n'était pas tombé à genoux quand elle a fermé la porte derrière elle. Ilaria, *amore*, murmure-t-il, s'inclinant devant l'émotion qui le submerge. Elle s'approche, le prend par les épaules.

Relève-toi, Paolo.

Le premier regard qu'ils échangent, masqués, face à face, dans cette loge, anéantit toutes leurs pudeurs.

Elle défait le ruban qui tient son masque, lui de même. Démasqués, loups à leurs pieds, ils s'enlacent.

Premier baiser, à l'abri de l'obscurité, plaqués contre la paroi de la loge, l'un contre l'autre, ils s'embrassent, se cherchent. Robe, pantalon, chemise, ruban, soupirs, caresses mêlées.

Ilaria garde les yeux grands ouverts, elle veut voir aussi bien que sentir. Et bientôt, une peau sur la sienne, entre les tissus et les rubans, une peau. Elle se fond dans ce pli nouveau de l'amour. Et lui, fou de joie, incrédule, s'abandonne, largue les amarres, tout entier dans le corps d'Ilaria, son amour.

Au loin la rumeur des autres, l'opéra, les voix virtuoses, les violons de miel, la bâtisse sur le grand canal, l'indifférence du monde qui protège la grâce et la délicatesse de leur amour. Espoir renouvelé dans l'étreinte naissante des jeunes amants, bercés et couvés par les chants trépidants et par leur éblouissante découverte.

Quand il se détache d'elle, dans le silence de leurs cœurs ardents, détachement du sol, évaporation, leurs corps désarticulés à l'abri du drame antique mis en musique, lambeaux d'âme flottants, faille du temps dans laquelle ils pénètrent ensemble, elle le regarde. Elle voit la danse de ses yeux, ses paupières battantes ; elle le voit en vie, sa peau, son front lumineux, et lors de cette seconde qui bientôt s'éclipsera, elle lui dit, il fait éternel.

Dans l'embarcation, en pleine nuit, au rythme du gondolier, les jeunes filles masquées vont en sens inverse. Elles se tiennent la main comme elles le font chaque fois qu'elles se retrouvent côte à côte. Grand canal, ballet incessant des gondoles et de leurs petites lanternes. Tout est similaire et différent.

Ilaria garde sur les lèvres le goût de la sueur de Paolo, dans les oreilles ses soupirs saccadés. À part la main de Prudenza qu'elle tient, tout le reste de son corps est suspendu à ce passé si frais.

Tu es et je te sens.

> Sur tes lèvres l'empreinte de mes cils
> sous tes doigts la caresse de ma peau
> dans ton oreille une larme en écho
> autour de toi le vertige de mes soupirs
>   mon amour

Dans mon esprit le souvenir de toi
sans mots ni surimpression
ni point d'orgue
sans violon
    Paolo, mon amour

Ni murs ni canaux
mais une lagune ouverte
sur l'horizon de tes mains
et le ruban qui ceint
    notre amour

Tout se brise et s'érige
s'expose s'évade s'évanouit
et nous de concert
isolés farouches nimbés
noyés esseulés réunis
    notre amour

Je t'entends maintenant
et je te garde maintenu
sans autre espoir
que de te savoir à l'aube
    mon amour

Aux portes de la Pietà, Bianca est là qui leur ouvre. Elle n'a pas fermé l'œil en attendant Ilaria.

Quand Bianca défait les lacets du plastron en soie, suivi de sa jupe moirée, jupon, blouse fine, dentelles aux manches et le long du décolleté, enlevant une à une les épaisseurs, elle lui dit, on dirait que tu t'es déguisée !

Laisse-moi dormir avec toi ce soir, ça fait si longtemps, supplie Ilaria.

Et Bianca, d'abord surprise, mais pourquoi ?

S'il te plaît, pour une fois, comme quand j'étais petite…

D'accord, mais quelques heures seulement !

L'habit de lumière, mille feuilles, est délicatement posé sur une chaise. Alors qu'Ilaria enjambe le cadre en bois du lit, Bianca remarque un filet de sang séché au dessus de la tache de vin sur le tendre de sa cuisse.

Tu saignes. Tu as tes règles ?

Ilaria se fige, regarde sa cuisse, bredouille, oui peut-être, je ne sais pas.

Attends, je vais te chercher un linge…

Mais quand elle revient dans la chambre, Ilaria s'est déjà endormie.

Bianca s'allonge alors près d'elle, près de ce corps qui prend toute la place, elle est si grande maintenant. Et brusquement une pensée la traverse, et si…

Alors, comme une houle profonde, tout se rappelle à sa mémoire. La naissance d'Ilaria, la tache de vin qui semblait dévorer toute sa cuisse et ressemblait à un cœur, qui lentement a pris la forme d'une main. L'obstination de Francesca à vouloir la placer ici, les mois à la garder près d'elle plutôt qu'à la pouponnière, ses allées et venues, la nuit, depuis le dortoir, une présence nocturne qui brisait sa solitude, cette présence qu'elle aimait, grandissante, envahissante.

Le violon, Giulietta, les premiers cours, l'apprentissage ardu, l'écoute attentive, le corps qui grandit avec l'instrument, les premiers concerts. Bianca a assisté à tous, depuis sa place sur un banc au fond de l'église, elle aime être là, elle lève parfois les yeux vers les grilles derrière lesquelles jouent les musiciennes, toutes celles qu'elle voit s'épanouir, comme Ilaria ; elle n'a pas besoin de la voir, elle l'entend. La voix des anges, dit-on autour d'elle. Ses filles, elle les aime, chacune. Ses enfants.

Ilaria, ses colères, ses joies, sa douceur, son ardeur, son intelligence, son rire, son acuité, et sa main qui se glisse, qui devient celle du *maestro.* Souvent, elle lui montre une partition en souriant, je parie que tu ne peux pas dire laquelle est la sienne ! Aujourd'hui, c'est devenu un jeu entre elles. Qui saura les différencier dans les siècles à venir ?

Son amitié avec Prudenza, comme elles se sont forgées, épaulées, l'une l'autre, malgré les disputes. Seize ans d'une vie se bousculent dans la mémoire de Bianca. Seize ans consignés dans les lettres hebdomadaires envoyées à Francesca, qu'il vente ou qu'il pleuve, épuisée ou malade, afin qu'elle sache comment grandit sa fille. L'imaginer avec les autres, derrière ces murs, dans la tendresse de Bianca, presque la sienne, console Francesca. Si elle l'avait gardée derrière son comptoir à tissus, la petite n'aurait rien fait d'autre qu'additionner et soustraire. Aujourd'hui, sa fille est son âme musicienne.

En un instant, allongée près d'Ilaria endormie, sans un bruit, sans bouger, sans que rien vienne troubler son sommeil, tout est revenu. Et Bianca, les yeux ouverts sur l'obscurité de la chambre, se demande, aimera-t-elle ? Partira-t-elle ? Fera-t-elle le choix de rester ici pour aider d'autres femmes à s'élever, à se libérer ?

Bianca n'a pas eu d'enfants, elle garde dans son cœur le secret d'avoir aimé Giacomo, et d'avoir brièvement été aimée de lui ; un amour fugace, qui a disparu au profit de ce qu'elle vit ici, de son utilité pour tant d'enfants et de femmes.

Qui prendra la relève ? Qui répondra à la cloche du tour ?

Ce soir, elle a peur. Ilaria est trop fragile, trop sensible pour faire face aux réalités brutales de l'existence. Elle voudrait la garder toujours enfant, dans ses bras, protégée par la bâtisse proche des quais, la garder à l'abri des monstres, de la lagune et du vaste monde. À l'abri de l'amour.

Les tensions avec l'Empire ottoman sont extrêmes et la défaite qu'ils viennent d'infliger à la Russie donne des ailes aux Turcs. C'est une question de semaines avant qu'ils ne trouvent un prétexte et lancent une offensive contre les derniers bastions vénitiens en mer Égée.

Paolo reprend ses entraînements de plus belle. À l'affût, il attend son heure. L'amour lui donne une force nouvelle qui accentue son désir de combattre. À Tinos, il fuira cette vie immobile, entre sa sœur et sa mère, ces exercices absurdes à l'épée contre un mannequin de bois. Il fuira l'ennui, mais aussi Ilaria.

Au lendemain de leur nuit à l'opéra, il se l'est formulé clairement. Il s'est dit, au petit matin, je la fuirai, elle aussi, non pas l'amour, mais elle. Son corps, son cœur et surtout son amour à elle. Cet amour réciproque l'effraie; une peur sourde. Inadmissible, pense-t-il, je suis lâche de refuser un tel présent. Et pourtant, son esprit oscille sans cesse entre les chimères de son passé familial et la vibration du présent qu'Ilaria incarne.

Il ferait mieux de vivre ici pour lui-même, plutôt que de partir à Tinos, lui a dit sa sœur. Mais il en est incapable. Il faudrait oublier toute la mythologie qu'il a savamment élaborée. Il faudrait vivre avec un courage dont il se sait dépourvu. Ses rêves de grandeur se fracasseraient contre la réalité de leur amour. Il n'a pas eu peur, pourtant, dans le labyrinthe, il l'a guidée sans trembler. Dans la loge de l'opéra, pas un seul instant, il n'a douté que cet amour fût ce qu'il avait vécu de plus intense. Un sentiment puissant, qui pourrait l'élever et lui trouver une place, la sienne, ici même, à Venise, loin du pays rêvé. Son audace n'est que passagère. Il se persuade. Après mon voyage peut-être, après mon voyage sûrement… Et la question de l'aïeul l'accable : la réalité est-elle un mirage ?

Même Diane, il ne peut plus la voir en peinture. J'en ai marre de tes chiens, ton carquois, ton regard qui me suit. Il faut que je parte, tu comprends ?

Elle comprend, elle le connaît. Diane voit qu'il n'a de répit, de calme intérieur, que quand il s'assoit à son bureau.

Chaque soir, après le dîner, à la lumière de la flamme, il écrit à Ilaria tout ce qu'il croit ne pas avoir le courage de lui dire. Tout. Toutes ses pensées, ce qu'il fait, son désir de lointain. Un journal de bord qui, très précisément, relate les événements réels et rêvés. Et chaque lettre commence par *Ilariamore*.

Rendez-vous nocturne et fervent. Encre aimante.

Quand Prudenza part vers la Pietà pour suivre ses cours, il ne vient jamais à l'esprit de Paolo de lui demander de transmettre ses lettres. Non. Dis-lui que je pense à elle. Tellement, poursuit-il chaque fois. Tellement sans adjectifs ni verbes. Tellement, comme un temps long, indéterminé, qu'on réduirait en le définissant. *Tanto.* Elle comprendra. Les lettres, il les garde avec lui. Sous l'œil de Diane.

Quand Prudenza arrive à la Pietà, elle murmure à l'oreille d'Ilaria, il pense à toi, elle ajoute, il t'aime. Penser n'est pas assez. Et Ilaria sourit, elle le sait. Elle n'écrit pas, ne s'épanche pas, elle joue. C'est dans le son qu'elle déclare son amour, qu'elle le déclame ; une exaltation du corps qu'elle ne trouve nulle part ailleurs que dans l'archet sur la corde. La vibration ondulante. Point de poèmes, point de mots assez beaux pour exprimer cette intensité-là. Parfois, en répétitions, quand son corps parfaitement aligné avec son âme, sans aucune tension, dans une joie profonde, parvient à jouer, quand l'onde circule lentement, elle se dit, j'y suis. Je deviens la respiration du monde.

Ce qui s'est ouvert en elle existait déjà. Grâce à l'amour, elle met bout à bout les éclats, les jours passés à attendre, sans savoir ce qu'elle attendait, qui elle attendait. Souvent lui vient à l'esprit l'image de sa mère, les longues rêveries où elle la retrouvait, où ses sœurs l'accueillaient à bras ouverts, où le temps d'une journée de Noël, elle faisait partie de cette harmonie familiale réduite en cendres quand le fameux jour de décembre se terminait sans effusions. Parfois, surgissent la tendresse de Bianca, les nuits d'enfance passées près d'elle, au chaud de leur secret, et puis Prudenza. Pourtant, au cœur de ses nuits les plus sombres, elle se dit aussi que les unes après les autres, dans une constance déconcertante, toutes ont fini par l'abandonner ou la rejeter. Sa mère d'abord. Pourquoi vivre dans une institution d'orphelines si elle ne l'est pas ? Aucun livre ne viendra expliquer ce geste, aucun argument ne sera jamais valable. La musique, même si elle veut s'en convaincre, est-elle réellement une compensation à l'amour manquant ? ou plutôt une modeste réparation ? Et Bianca qui l'a couvée, mais qui ne l'a jamais défendue ouvertement au sein de la Pietà, et Prudenza qui, du jour au lendemain, préfère se marier. Les liens sont-ils si vulnérables qu'ils finissent inexorablement par se rompre ? Combien de personnes autour d'elle préfèrent l'abandon ?

Le violon est toujours là, dans son étui. À portée de mains, inerte. Il ne s'innerve que par sa grâce à elle. Alors que l'amour de Paolo est bien vivant, il respire, la subjugue. Elle se laisse porter, chancelle.

Quand elle joue avec Antonio et qu'ensemble, ils montent dans les aigus du violon, d'une table d'harmonie à l'autre, d'une corde à l'autre, archets synchrones, accords parfaits, demi-cadences, improvisations, elle puise désormais ses forces à la racine d'une ineffable oscillation, puissante et vivante, celle de l'amour qui se mêle à celle du son.

L'Arsenal en ce début d'automne a des couleurs de feu. Paolo commence de rôder dans le chantier naval. Il est pressé, veut fuir. Il n'y avait pas pensé avant, mais il se dit que c'est là qu'il va glaner des informations. La fourmilière d'une dizaine de milliers d'ouvriers permet de construire, quasiment à la chaîne, un navire par jour. Les troncs d'arbres entrent dans les grands entrepôts et en ressortent prêts à flotter.

Paolo ne se lasse pas du spectacle, son oncle est contremaître sur les chantiers et le jeune homme décide de lui ouvrir son cœur. Il a entendu dire que des mercenaires étaient engagés pour tenter de défendre les dernières îles vénitiennes, dont Tinos.

Pourquoi ce dessein, ces milles à parcourir ? Que ne trouves-tu dans la Sérénissime, qui serait là-bas ?

Les questions de l'oncle fusent. Paolo n'a qu'une seule réponse, c'est dans mon corps que je veux éprouver la vie, éprouver mon courage. Et m'évader, pense-t-il, loin de mon amour.

Il n'y a pas d'autre lieu que cette île, territoire qui dans son esprit s'apparente aux hommes de sa famille, lignée rêvée où sa place serait en gloire.

Il reviendra pour elle, une fois qu'il aura pourfendu l'ombre de son père et de ses aïeux. Une fois qu'ils se seront retrouvés, là-bas, à Tinos. Le seul lieu où son père lui donnera l'accolade salvatrice, la permission de vivre. Une rencontre au cœur de cette Méditerranée qui a vu vivre et mourir tant d'hommes, engloutissant destins et rêves.

Il sera Télémaque qui se bat au loin, foulant Ithaque après des années d'errance, retrouvant son père sur cette plage oubliée. Ulysse l'attendra de pied ferme, aussi jeune que jadis, dans sa toute-puissance, ouvrant ses bras à son retour. Mythologie familiale déformée et inversée. Il élabore à sa guise son Panthéon.

Il voguera sur une frégate, maintenant, il le sait. Son oncle lui a confirmé qu'une flotte de quatre partait en direction de Tinos pour soutenir les quelques soldats en poste, trop peu nombreux pour faire face à l'hostilité des habitants de l'île et à la convoitise évidente des Turcs. Paolo en sera. Son oncle est fier de le voir si décidé, même s'il désapprouve le secret dans lequel il garde son expédition.

J'écrirai à ma mère, elle comprendra, tu verras ! Si je la préviens, elle ne me laissera pas m'engager. Tu le sais aussi bien que moi.

L'oncle fait promettre à son neveu d'écrire dès qu'il le pourra. Et si un conflit ouvert devait éclater, reviens aussitôt !

Quatre frégates partent trois jours plus tard. Les navires transportent des munitions, de l'approvisionnement, de quoi tenir un bref siège. Le matin même du départ, Paolo laissera un mot dans sa chambre ; l'oncle ira voir sa mère pour la rassurer. Il prévoit un retour au plus tard dans un mois.

On croirait à un voyage de plaisance, si ce n'étaient la cargaison de canons et de poudre, les nouvelles alarmantes. Le doute qui s'insinue dans le cœur de l'oncle, alors qu'il encourage la bravoure de son neveu, le fils de son frère. Il redoute qu'une guerre éclate et de se sentir, pour toujours, responsable de ce qui adviendrait.

Mais le destin est en marche et chacun tient son rôle.

Avant de partir, Paolo aimerait voir Ilaria, du moins la croiser, lui dire de ne pas s'inquiéter, que leur amour est plus fort que le temps, l'absence sera brève, quelques semaines tout au plus, l'éternité leur appartiendra ensuite. Ne l'a-t-elle pas dit à l'opéra ? Il fait éternel. Il entend encore le son de sa voix. Oui, la revoir un instant.

Mais n'ira-t-elle pas aussitôt prévenir Prudenza, qui s'empressera de le dire à leur mère ? Alors tout sera compromis.

Le silence reste son unique allié, ce précieux silence. Et son amour.

Une chose lui reste à faire, garder toutes les lettres qu'il a écrites à l'intérieur de son gilet. Armure, gilet pare-mort. Trente-deux lettres pour *Ilariamore.* Dûment datées, certifiant, par la plume et la prose, son amour.

Il demande à la cuisinière de coudre deux grandes poches qui prendront tout son torse. Il y glissera, bien à plat, les lettres. Je serai fort de notre amour.

Le dernier soir, il les relit par ordre chronologique. Il s'émeut, fond en larmes ; il a soudain peur, peur de tout perdre. Pourquoi partir maintenant, alors que son amour est là ? Pourquoi en avoir si peur ?

Dans sa minuscule cabine, Paolo a le mal de mer. À proximité de Malte, le vent s'est levé. La brise agréable sur les visages avait d'abord apaisé son agitation. Je suis heureux, ma place est ici, disait-il la veille au capitaine en contemplant l'horizon, cette Méditerranée, *mare nostrum,* n'a jamais aussi bien porté son nom.

Sur le pont de la frégate, Paolo se remplit les yeux d'horizon. Ça s'ouvre en lui, ses pensées, son imagination, les limites fixées par l'étroitesse des ruelles et des canaux de la Sérénissime volent en éclats, le ciel et la mer y pénètrent. Du bleu partout, maritime et aérien, qui colonise chaque cellule de son corps. Il entre dans le monde, il le fend depuis la proue de la frégate, il le regarde avancer.

Et puis, à l'approche de Malte, la brise paraît. Une caresse, dit-il au capitaine, attendri un instant par l'innocence de ce jeune homme, ignorant encore les atrocités de la guerre et du monde.

Paolo, Télémaque, Ulysse, il est tout à la fois.

La nuit suivante, dans sa minuscule cabine, privilège de son rang, il commence de vomir. Pot de chambre qu'il remplit consciencieusement ; pied marin laissé à terre. Première nuit de cauchemars. Qui est-il ? Pourquoi ce voyage ? Il tâte son torse, les lettres sont là. Il préfère transpirer que d'enlever sa veste. Il a fini par retirer le ruban effiloché et noirci. Il l'a rangé et plié dans sa poche gauche, celle du cœur. Ballotté sur son lit, Paolo s'endort par intermittence et pense à sa mère, il imagine la panique aux marches du palais.

La mère pousse un cri quand, dans la matinée, étonnée de ne pas avoir vu son fils, elle frappe à la porte de sa chambre. Le lit non défait la saisit. Son instinct l'alerte. Sur le bureau, elle aperçoit une lettre, l'ouvre précipitamment. D'un seul coup d'œil, comprend le désastre.

Un cri, puis elle s'effondre.

On accourt, on s'agite, on l'a entendue, depuis le rez-de-chaussée. Prudenza est là aussi, elle s'agenouille, embrasse sa mère qui hoquette en lui tendant la lettre. Prudenza lit et hurle. *Bastardo !*

Toute la maison apprend alors qu'il est parti.

Bastardo dans les couloirs et le grand escalier. Prudenza l'insulte sans discontinuer, elle passe d'une pièce à l'autre, hagarde. Elle ne le cherche pas, elle veut seulement mettre son corps en mouvement, soudain prisonnière de ces murs.

Bastardo, c'est si simple pour toi de partir ! La tristesse et la jalousie l'étranglent. Elle n'a pas lu les mots d'apaisement qu'il a ajoutés à la fin de sa lettre. La colère l'étouffe. Sans prévenir, sans aucune politesse, avec quel mépris il les traite, sa mère et elle !

Elle claque la porte de sa chambre, s'écroule en pleurs sur son lit. Elle le déteste. Dans quelques mois, elle va se marier, quelle autre échappée aurait-elle ? Pourquoi ne pourrait-elle pas, elle aussi, un petit matin, monter sur un navire et voir l'horizon de ses rêves ? Pourquoi ? Parce qu'elle est une femme ? Qui reste dans ce grand palais vide ? Une mère et sa fille. L'une qui se définit par ce qu'elle a été, épouse de, et l'autre par ce qu'elle va devenir, épouse de. Cette réalité, si criante à cet instant, la révolte.

Bastardo. Elle pleure, frappe du poing, en veut à la terre entière. Et soudain, elle pense à Ilaria. Elle doit la prévenir, son frère n'est digne d'aucun amour, aucun. Peut-être savait-elle ? Elle redoute qu'Ilaria lui dise que oui. Alors vraiment, vraiment…

Elle dévale les escaliers, va trouver le gondolier qui la mène directement à la Pietà, c'est urgent !

Bianca lui ouvre.

Je dois voir Ilaria, tout de suite.

Qu'est-ce qu'il t'arrive ? Quelqu'un est mort ?

C'est tout comme !

Bianca l'empêche d'avancer dans la cour.

Explique-moi !

Je ne peux pas, je dois voir Ilaria.

Impossible, elle travaille avec le *maestro.*

Je m'en fiche !

Prudenza s'est dégagée, elle court dans l'escalier, les couloirs, surgit dans la salle où Ilaria et Antonio se figent à la vue de son visage défait. Ilaria s'élance.

Antonio hoche la tête.

Elles se font face dans le couloir. Muettes d'abord, saisies par l'éloquence de leurs regards. Toute leur enfance, toute leur amitié dans ce regard. Et Ilaria prononce ces mots en tremblant :

Il est parti ?

Ilaria se mure dans une rage silencieuse. Aucune pensée ; rien que l'abandon.

Elle maîtrise, respirations et gestes. La discipline, elle connaît. Elle dort ; ses rêves sont vides. Elle s'enfonce dans le sommeil comme une échappée opaque, assourdissement du monde, esprit et cœur plombés.

Tendue, elle joue du violon comme un automate. Le seul endroit à l'abri de son désespoir et de l'amour, le seul refuge, croit-elle. Elle laisse son corps prendre le pouvoir, la sauver.

Il l'a quittée, ce départ vient enterrer l'amour. Elle savait pour Tinos, il ne lui avait pas caché son désir de terres nouvelles. Mais ce silence…

Alors, elle réclame du travail à Antonio. C'est tout ? Je croyais que vous aviez esquissé un opéra ! Laissez-moi écrire les voix intermédiaires, *maestro*, je vous promets de magnifiques parties d'altos et de seconds violons.

Antonio rit de cet empressement, qu'est-ce qu'il t'arrive ?

Et le visage de la jeune fille s'assombrit. Que pourrait-il comprendre ?

Il ne demande rien, laisse passer l'orage.

La houle est profonde. Ilaria soudain emprisonnée dans l'institution, voudrait prendre ses jambes à son cou et disparaître. Pas pour le rejoindre, lui, mais pour se sauver, elle. Pour ne pas uniquement subir l'injustice de son départ. Point de violon, point de lettres d'amour, seulement son corps en mouvement, en déplacement. De liberté, elle n'en trouve plus aucune entre ces murs.

Dans l'après-midi suivante, elle parvient à subtiliser à Bianca un double de la grosse clé du portail, et la nuit, alors que toutes dorment et qu'Elena a cessé depuis longtemps de la surveiller, elle s'enfuit. Elle n'en revient pas d'avoir si facilement refermé la porte derrière elle ; dix-sept ans à croire ce geste impossible. Et maintenant, elle a une nuit devant elle. Une nuit tout entière et pourquoi pas les jours suivants encore. Pourquoi ne pas continuer sa vie de l'autre côté du mur, en oubliant celles qui l'ont accompagnée jusqu'ici et surtout se volatiliser afin que Paolo ne la retrouve jamais ?

Mais pour aller où ? Il fait si sombre dans les minuscules boyaux de Venise, elle avance presque à tâtons. Elle ne connaît pas la ville. Elle passe un pont, puis un deuxième, prend à peine le temps de regarder les maisons qui trempent leurs fondations dans l'eau. Elle avance vite, elle trouvera bien un endroit pour penser, pour s'asseoir et dormir.

Ses pas la mènent près d'une église. Dans l'obscurité, elle distingue un petit attroupement. Quatre hommes et une femme, dont un, enroulé dans sa cape, est allongé sur les marches du parvis. Les visages se tournent vers Ilaria quand elle s'approche. La femme l'invective.

Dis donc, tu ne devrais pas être au lit dans ton couvent, à cette heure-ci ?

Les hommes ricanent, oubliant un instant leur acolyte ivre mort. L'un d'eux s'avance pour la regarder de plus près. Ilaria a un mouvement de recul. La femme la protège.

Fous-lui la paix ! Occupe-toi plutôt de le remettre sur pied !

Et s'adressant à Ilaria, tu t'es perdue, c'est ça ? Tu ne devrais pas traîner par ici à cette heure de la nuit !

Ilaria répond que oui, elle s'est perdue, et sans l'avoir prémédité, elle ajoute, je cherche la boutique des Tagianotte, mes parents…

L'homme fait une nouvelle tentative en sortant de sous sa cape une bouteille de vin. Oublie tes parents, passe la nuit avec nous, tu verras, tu ne le regretteras pas ! Et il l'attrape par le bras.

La femme de nouveau s'interpose : Fous-lui la paix, je t'ai dit ! La boutique des Tagianotte, c'est simple, tu prends le pont derrière toi et c'est la deuxième ruelle à droite. Allez file, ça vaut mieux pour toi.

Ilaria est aussitôt sur le pont, elle suit les indications et arrive en quelques minutes devant la porte de la boutique. Elle est seule, il n'y a pas un passant, rien, juste le clapotis de l'eau qui cogne contre les quais du minuscule canal. Elle a froid, tout à coup. Elle voudrait entrer, se mettre au chaud. Elle voudrait se glisser dans le lit déserté d'une de ses sœurs. Elle voudrait trouver sa place dans cette maison, coudre, découper, s'enivrer de la couleur des étoffes, s'enfouir dans les flots de tissus et commencer une vie nouvelle, ou plutôt vivre celle dont elle a été arrachée. Oublier le violon, les partitions d'Antonio, noyer l'illusion de l'amour, et surtout, dissoudre le visage de Paolo qui se rappelle sans cesse à sa mémoire. Un départ pour un autre.

mon amour

Elle frappe au volet de la boutique. Elle regarde l'enseigne qui le surplombe, c'est la première fois qu'elle y prête attention. Elle lit le nom de famille, Tagianotte, le sien, qui fend la nuit. Pourtant, elle ne se sent d'aucune famille. Ce nom n'éveille rien, aucune tendresse, aucun souvenir. Je suis un prénom, pas un nom.

Elle frappe plus fort, mais déjà se profile le ridicule de son geste. Elle se voit mendiant de la tendresse. Elle imagine ses parents couchés à l'étage. Dans l'insouciance de leurs rêves, comment pourraient-ils se figurer que leur petite dernière est là, en bas ?

En effet, personne ne répond, tout le monde dort à poings fermés. Rendez-vous manqué.

Un canal, une boutique, un volet clos.

Une île, un bateau, Paolo qui s'en va.

Elle n'ose pas crier. Maman, tu es là ? Elle se tait en regardant les volets. Elle se tait, parce que dans le fond, elle sait qu'elle n'est pas venue pour trouver refuge. Non, elle est venue pour prendre congé.

Le mal de mer n'a pas lâché Paolo. La traversée, le roulis, la mer d'huile, et à l'approche de l'île, le vent se lève de nouveau. Un vent à rendre fou. La Sérénissime est toujours à l'abri d'Aquilon, alors que Tinos est échevelée, et aride. Ennemie.

Le groupe de mercenaires s'installe dans un petit baraquement de pierre sèche où logent déjà quatre soldats. Le premier soir est à la joie et à l'alcool, mais le lendemain est de ceux qui déchantent. Le moral des soldats sur place est au plus bas. Il ne se passe rien à Tinos. Rien que le vent, et les villageois grecs qui viennent les voler la nuit ou les insultent chaque fois qu'ils les croisent.

Non, la République vénitienne n'est pas la bienvenue. Elle ne l'a jamais été et ce dernier bastion est un déshonneur partagé par les deux camps. Déshonneur pour les Grecs d'avoir concédé ces dernières îles, déshonneur pour les Vénitiens d'avoir perdu presque toutes leurs attaches orientales ; une peau de chagrin. Et l'ennui de scruter l'horizon, de ne voir que du vent, d'attendre des nouvelles qui n'arrivent jamais. L'ennui d'être prisonnier d'une terre hostile, alors qu'elle devait être la leur.

Les deux premières nuits, mal de terre, Paolo ne ferme pas l'œil. La désillusion est absolue. Aucune gloire dans ce séjour, aucune bravoure en perspective. Sa propre vérité lui crève les yeux. Pourquoi est-il ici ? Lui, le Vénitien privilégié qui n'a jamais eu autre chose à faire que de rêver son courage. Quel autre courage lui faudra-t-il, sinon celui d'exprimer sa honte ?

En poste dans ces refuges depuis trop longtemps, les soldats sont à moitié fous. Le vent a eu raison d'eux. Ils fixent l'horizon, brûlant leur peau au soleil, perforant leur estomac à coups de grandes lampées d'eau-de-vie. Les yeux vitreux, ils racontent aux nouveaux venus ce rien qui les consume lentement. La fièvre qui s'empare de la plupart d'entre eux les tue rapidement. Fièvre, convulsions, dernière onction, petit cimetière dans le pli d'une des collines, prières, avant de revenir aux baraquements, avant l'ennui.

Dans le refuge réquisitionné pour les nouveaux arrivants, Paolo ne ferme toujours pas l'œil. Il n'a pas écrit une ligne, ni à sa mère ni à Ilaria. Pour leur raconter quoi ? Leur mentir ? Dire la vérité brute ? Triste réalité d'une guerre enlisée sur une île, que seules les rafales semblent dompter.

Dans ses nuits sans sommeil, quand les haut-le-cœur le retournent et qu'il sort vomir entre deux rochers, Paolo lève les yeux vers le ciel criblé d'étoiles. Il y cherche son père. Avec rage, il lui demande, quel rêve m'as-tu inculqué ? Quelle déraison m'as-tu transmise pour m'envoyer aussi loin en quête de ce que tu as cherché vainement ? Pourquoi n'as-tu pas eu la sagesse de m'apprendre que ce que l'on comble au bout du monde, ce sont nos propres failles ? Pourquoi me laisser croire que je réussirais là où tu avais échoué ?

Il crie : Ilaria !

Quand il s'allonge à nouveau sur sa couche, dans l'obscurité des ronflements et des cauchemars de ses compagnons d'infortune, s'abattent sur lui les ombres des ancêtres. Les infatigables ombres envahissent les corps des nouveaux venus, fraîches recrues empoisonnées, infections jusqu'à l'os, cœurs dévorés.

Au loin, Ilaria n'est plus qu'un rêve, un mirage, la fragile lueur d'une émotion, un sursaut qui éclabousse un instant les ténèbres. Mais Paolo n'a d'autre réalité que la nuit. Ne vaudrait-il pas mieux en finir ? Mourir et devenir une ombre, lui aussi.

Sur lui, toujours les lettres, il les touche, son pare-balles, pare-mort, pare-vie. Et ses compagnons ricanent de le voir éperdu, insomniaque, parler seul en touchant son torse.

Regarde-le, il est trop fragile, il devient fou. Le vent l'emportera.

Le vent l'emporte la cinquième nuit sur l'île. Journée de soleil ardent, fièvre installée dans son corps depuis deux jours, le délire et l'épuisement en cortège.

La fièvre attaque le corps du jeune homme et le vent cueille son âme.

Allongé sur sa couche, il est avec le prêtre, le seul à avoir le courage d'approcher les fiévreux. Tous ses autres compagnons ont fui. Aucun jusqu'ici n'a survécu à l'assaut de la fièvre, aussi robuste soit-il.

Les convulsions commencent le soir, quand la chaleur étouffante s'apparente à une suffocation. Mains et pieds enflés, Paolo est méconnaissable. Le prêtre reconnait ces signes et se désespère…

Il essaie d'ouvrir sa veste, personne jusque-là n'a réussi à la lui enlever. Avec ses dernières forces Paolo se débat. Le prêtre tente encore pour l'aider à respirer. Mais il est saisi par l'effroi du regard que lui jette le jeune homme.

Il ne touchera plus à cette veste, et priera à ses côtés jusqu'à son dernier souffle. Vers minuit les convulsions sont très rapprochées, jusqu'à ce que lentement le corps s'épuise. La respiration saccadée ralentit pour devenir à peine perceptible. Dans le refuge, le silence pénètre le corps de Paolo et l'apaise.

C'est dans ce moment dernier qu'ils entrent, saluant le fils, petit-fils, neveu. Les ancêtres, les hommes de la famille, dans un ordre établi. Ils s'agenouillent près du corps redevenu enfant. Ils prient avec le prêtre pour ce souffle ténu, vivant, frais à présent, dernières lueurs de braises.

Paolo, à travers ses paupières closes, les voit en transparence. Transparence des destins et des joies, transparence des guerres absurdes, des espoirs pourfendus, des lames abattues et laissées à terre. Inutiles.

Désarmé, chacun des hommes de la famille s'agenouille devant lui. Paolo, de ton destin nous ne retiendrons que la bravoure et la beauté. Viens, entre dans notre ronde.

Les convulsions, l'amour, les chimères, tout s'efface lentement, s'éteint avec la fièvre. Les hommes de la famille lui disent, viens, rejoins-nous, notre compagnie est douce, n'est-ce pas celle que tu avais secrètement choisie ?

Quand le souffle est si ténu qu'on l'entend à peine, les femmes apparaissent ; les hommes cèdent la place aux défuntes et aux vivantes qui viennent s'agenouiller. Les grands-mères, les tantes, la mère qui ne sait pas encore, Prudenza, les femmes de la famille qui ont chéri l'enfant et qui s'inclinent devant le jeune homme, sans drame, sans pleurs.

La tragédie n'est pas la mort, mais ce que l'on fait du souvenir.

Il n'y a pas d'absence, il y a la présence de ces femmes autour de lui qui le portent. Et Paolo, illuminé par cette compagnie venue de loin, Paolo, dans un dernier effort, invite Ilaria à entrer.

Ilariamore de tout son long s'allonge sur lui, à la fois linceul et voile nuptial. Il sent son cœur à elle cogner ; du sien elle n'entend rien. Jambes contre jambes, torse contre torse, bouche contre bouche. Chaleur tendre des lèvres qui aspirent le souffle.

Sous les étoiles, aux confins de l'aube, quand tous auront disparu, quand ne restera ni feu ni présence, seule la douceur d'un corps sur l'autre, quand il ne s'agira plus de regards, ni d'aucune chair, mais de cet infime espace encore vivant, alors d'une bouche à l'autre, Ilaria, allongée sur la fièvre de Paolo, emportera entre ses lèvres, son dernier souffle.

Leur dernier baiser.

Les lettres prennent le chemin du retour, transportées par le capitaine un mois après la mort de Paolo. Elles sont données en main propre à l'oncle en même temps que l'avis de décès, une bague que portait son neveu à l'auriculaire, et quelques explications de vive voix. Il y a aussi une lettre du prêtre pour la mère, des mots réconfortants sur les derniers instants du jeune homme.

Abasourdi, l'oncle remercie le capitaine avant de s'enfermer pour lire l'avis de décès et les lettres. Il comprend aussitôt, ce sont des lettres d'amour destinées à une jeune fille de la Pietà prénommée Ilaria.

Il hésite à tout donner à la mère de Paolo, c'est à elle de décider. Mais dans la culpabilité et le chagrin qui l'accablent, il se ravise. Le plus beau geste qu'il puisse accomplir pour son neveu est de trouver la destinataire des missives.

Il se dirige vers le palais des Leoni pour prévenir la mère, sans nouvelles depuis un mois, et folle d'inquiétude.

En le voyant entrer, elle devient blême. Elle éclate en sanglots et lui avec elle. Aucun mot.

L'oncle lui tend l'anneau, la mère chancelle à sa vue. Il la retient ; elle se ressaisit, le passe à son annulaire, laisse-moi seule à présent.

Sur la gondole en direction de la Pietà, il est le messager lugubre naviguant sur le Styx d'une rive à l'autre.

Bianca, toujours Bianca ouvre. Cette fois, elle n'a aucun doute, c'est bien une mort qu'on vient annoncer.

Ilaria travaille son violon, ne veut voir personne. Elle continue de jouer, quand Bianca l'interrompt.

Ilaria, je t'en prie.

Elle pose l'instrument et la suit en silence.

Dans la cour, près du puits, alors que Bianca s'éloigne, l'oncle tend à Ilaria la liasse de lettres. Il découvre ce visage si jeune, trop jeune pour aimer, pour une telle peine. Paolo est mort à Tinos d'une épidémie de fièvre. Il a laissé ça pour vous.

Dès que son regard se pose sur les premiers *Ilariamore*, elle s'évanouit. Raide sur les pavés de la cour. Les lettres s'éparpillent, Bianca accourt, ramasse les lettres. L'oncle l'aide à la porter jusque sur son lit. Il explique que Paolo Leoni est mort sur une île proche de la Grèce. Et Bianca comprend alors l'amour et la mort.

Pendant qu'on va chercher la Prieure, Bianca cache les missives. Dans la chambre, Ilaria reprend connaissance.

La Prieure lui fait boire un peu d'eau. Tu vas t'en remettre, on s'en remet toujours. Et tu trouveras la consolation. Bianca restera à ton chevet.

Au même moment, dans l'exacte même position, au palais Leoni, Prudenza est au chevet de sa mère. Elle pense à Ilaria. Quand pourra-t-elle aller la voir ? Demain ! Oui, demain, elle la prendra dans ses bras.

Ilaria regarde Bianca. Les lettres ? Bianca les lui donne. Les lettres, depuis le bureau, à quelques canaux de là, en passant par la Méditerranée, quelques jours à Tinos, protégées par la veste et l'amour de Paolo, lues par le prêtre, confiées au capitaine, gardien du trésor, qui les a livrées intactes à l'oncle, et maintenant à sa destinataire, *Ilariamore*.

Ilaria va les lire toutes, méticuleusement, les unes après les autres, par ordre chronologique, sous ses yeux l'entière histoire de leur amour, mon amour. Et tous les mots dérapent en elle, tendent son âme, brisent son cœur.

Elle lit avec avidité, suit la trace de la plume un jour vivante, aujourd'hui morte. Cette trace, la seule, alors qu'elle n'a rien écrit, rien consigné. Ces lettres, son trésor. Elle veut passer le restant de ses jours à les lire. Elle veut qu'on l'enferme, n'importe où, mais qu'on l'enferme. Elle finira bien par le retrouver où qu'il soit, à Tinos ou ailleurs.

Où es-tu maintenant, Paolo ?

Quand elle a lu une première fois les trente-deux lettres, elle recommence. Et puis, les respire. Tu les as portées, elles ont l'empreinte de ton corps.

Où est ton corps maintenant, Paolo ?

mon amour

Ilaria fait semblant de dormir. Assise dans un fauteuil, Bianca la veille ; elle lit à la lueur d'une bougie. Ilaria n'est pas pressée, elle sait que Bianca finira par s'endormir. Elle attendra autant qu'il le faudra. Elle pense à sa mère, à son père, à ses sœurs, à Prudenza, à Antonio, ces visages familiers, tous assoupis à cette heure de la nuit. Avec douceur, elle passe de l'un à l'autre derrière ses paupières closes, et voit aussi l'ourlet bleu. Bianca lui a dévoilé la superstition de Francesca, le bleu, et la présence de sa mère constante, là, frôlant sa cheville. Elle imagine toutes les jeunes filles qui sommeillent à l'étage, à Elisabetta seule ce soir, à ce qu'elles doivent toutes déjà savoir. De secret, il n'y a plus.

Si l'amour est mort, que lui reste-t-il ? Les lettres de Paolo, mais encore ? Il lui a fallu plusieurs heures pour comprendre.

Il lui reste la lumière de la lagune quand pour la première fois elle est allée chez les Leoni, il lui reste la sensation de fraîcheur sur ses jambes quand elle a plongé dans le canal, toute la musique qu'elle a écrite et retranscrite, imprimée dans sa main, une mémoire digitale inaltérable ; il lui reste les échos du puits quand elles criaient toutes ensemble, à s'en faire peur, le nom de Moderata, qui se mêle à la résonance des concerts. Dans ces réminiscences, elle pioche, la chaleur de la peau de Bianca, sa tendresse avant de découvrir celle de Paolo ardente, elle peut retourner vers l'une ou l'autre en un seul mouvement, tout est dorénavant à portée de pensée, et cette somme lentement additionnée de souvenirs est non seulement le gage, mais aussi l'expression de sa liberté.

Son amour.

Vers trois heures du matin, Bianca cède à la fatigue. Ilaria entend sa respiration s'altérer ; bientôt un ronflement régulier emplit la pièce. Ilaria ouvre les yeux.

Dans la chambre à peine éclairée, la chambre de son enfance, de la tendresse première, Bianca a la tête renversée en arrière, elle dort profondément. Le livre a glissé de ses mains et heurté le sol sans qu'elle se réveille. C'est le moment.

Très doucement, Ilaria sort du lit, prend avec elle les lettres et la bougie, ouvre la porte sans bruit.

Ilaria, au milieu de la cour, regarde les étoiles. Là où il était, il y avait les mêmes, tous ces derniers jours, alors qu'elle attendait des nouvelles, elle n'a pas regardé le ciel avec assez d'attention. À cet instant, elle le scrute avec une acuité extrême.

Elle regarde le ciel en murmurant, attends-moi, je viens.

mon amour

Elle monte vers la salle des violons. Tout est calme. À cette heure-ci, éloignée des dortoirs, personne ne l'entendra. D'auditeur, elle n'en a qu'un. Quelque part ton corps. Elle s'accorde, quintes justes pour ce largo joué quotidiennement ; à présent persuadée que cette assiduité était tendue vers cette heure précise.

Des années de pratique pour se préparer au dernier mouvement. Sans trembler, parcourir le chemin connu et reconnu, la chapelle perdue, d'une note à l'autre, paysage familier qui lui permet d'entrer au plus près de son âme. De la tienne, Paolo. Quelque part ton corps, et ton âme avec moi.

Alors le vide se fait, dans le sillage de l'archet. Tout disparaît dans l'esprit d'Ilaria pour laisser place à l'osmose de son corps à elle, vivant, avec son corps à lui, quelque part. Aucun mot. Seul un son qui les éclabousse et les avive.

Je te rejoins. Ensemble, avec la musique, vivants et morts pour l'éternité.

Quand le largo se termine, elle range le violon dans l'armoire, geste si souvent accompli. Elle n'entend pas le silence, elle est tout entière emportée par l'éclaboussure qui l'illumine et la guide. Elle reprend les lettres et la bougie. Elle sait comment le rejoindre.

Au centre de la cour, elle détache ses cheveux, les répartit sur ses épaules, enlève son habit blanc, ne garde que la ceinture et la chemise légère. À même son ventre et son dos, elle plaque les lettres, s'entoure l'abdomen et les maintient avec la ceinture.

Camisole ardente.
L'amour sur ma peau,
    mon amour
dans mon ventre, qui tient ma colonne,
    mon amour
qui m'accompagne bien serrée.

Elle se souvient du ruban, son ruban rouge,
    mon amour
et du liseré bleu.
Elle utilise la dernière lettre,
comme torche.
Son cœur cogne,

elle respire, elle connaît,
se concentre sur sa respiration,
les musiques qu'elle a jouées, son violon là-haut,
    mon amour
Les images défilent, et toi Paolo,
toi quelque part, qui me dis
Viens.

Dans son oreille si distinctement,
alors qu'elle enflamme avec la torche ses cheveux,
alors qu'elle soulève sa chemise légère
et qu'elle met le feu aux lettres,
    mon amour
Viens.

Elle vient.
Elle entend ses cheveux qui grésillent,
la brûlure sur ses joues,
et elle ferme les yeux.
La nuit étoilée sur ses paupières,
avec la tienne Paolo,
    mon amour
Viens.

Je viens.
Au milieu de cette cour, mille feux,
entourée de murs, de cette langue de terre,
de poissons, créatures et monstres

en embuscade dans la lagune mouvante qui
l'encercle,
son corps brasier,
son corps flamme.

Et puis,
    leur amour
dans la mer sombre comme un écrin au joyau,
leur île, terre inconnue et secrète.
Mille feux qui tournoient dans la cour.
    leur amour

Mille feux qui virevoltent.
Et tout s'embrase,
la jeune femme,
l'ardeur de son âme,
le ciel dans son corps,
et la lagune où résonne son long cri.
    Un soleil dans la nuit.

Cet ouvrage a été achevé d'imprimer sur Roto-Page
par l'Imprimerie Floch à Mayenne
pour le compte des Éditions Grasset
en septembre 2023.

Composition Maury-Imprimeur

PAPIER À BASE DE
FIBRES CERTIFIÉES

Grasset s'engage pour
l'environnement en réduisant
l'empreinte carbone de ses livres.
Celle de cet exemplaire est de :
450 g éq. CO_2
Rendez-vous sur
www.grasset-durable.fr

N° d'édition : 22946 – N° d'impression : 103133
Première édition, dépôt légal : août 2023
Nouveau tirage, septembre 2023
Imprimé en France